La pell de la memòria

Jordi Sierra i Fabra

BAULA

Direcció editorial:
Departament de Literatura GE

Direcció d'art:
Departament de Disseny GE

Disseny de la col·lecció:
Manuel Estrada

Fotografia de la coberta:
Photonica

1a edició, 4a impressió, desembre 2014

Impressió:
Edelvives Talleres Gráficos. Certificat ISO 9001
Imprès a Saragossa, Espanya

ISBN: 978-84-479-1120-2
Dipòsit legal: Z 3930-2008

El 0,7% de la venda d'aquest llibre es destina al Projecte «Mejora de la Calidad y oferta educativa del ciclo diversificado del Instituto Tecnológico de Quiché de Chichicastenango (Guatemala)», que gestiona l'ONG Solidaritat, Educació, Desenvolupament (SED).

FITXA PER A BIBLIOTEQUES

SIERRA I FABRA, Jordi (1947–)
La pell de la memòria / Jordi Sierra i Fabra. – 1a ed., 4a reimp. – [Barcelona] : Baula, 2014
198 p. ; 21 cm. – (La llum del far ; 33)
ISBN 978-84-479-1120-2
1. Àfrica. 2. Esclavitud. 3. Explotació infantil. 4. Amistat. I. Títol. II. Sèrie.
087.5:821.134.1-31"19"

Cadascuna de les parts
d'aquest llibre està
succeint ara mateix.

Que l'amnèsia i el silenci
no matin per segona vegada
desenes de milions d'esclaus.

Frase escrita al monument
als esclaus que anaven a Amèrica.
Benín, Àfrica.

carta de presentació

No és normal començar una novel·la amb una carta de l'autor. Una novel·la acostuma a ser —gairebé sempre— una cosa lúdica, un entreteniment, un plaer dels sentits, encara que també ens ajudi a pensar, a reflexionar i a conèixer el món en què vivim tant com a nosaltres mateixos per mitjà dels sentiments que ens desperta. En aquest cas, la carta és només una puntualització en veu alta, i un aclariment per a qui decideixi submergir-se en aquesta història.

Durant els meus trenta anys de viatger, he vist molts nens i nenes vivint en situacions precàries als cinc continents, nens venuts i esclavitzats a Àsia i a països africans, nens víctimes de religions absolutistes i casats per força, nens en camps de refugiats a Hong Kong, nens que regiraven escombraries buscant aliments a Mèxic o al Brasil, nens desplaçats per la guerra a Colòmbia, nens desproveïts de la seva identitat al Tibet, nens i més nens que, quan em parlaven, la primera cosa que em transmetien era la seva innocència.

La mateixa innocència que he volgut deixar palesa en aquesta obra.

La pell de la memòria *no és un reflex exhaustiu de la situació a l'Àfrica, sinó un exemple d'allò que és l'esclavitud al món actual i, més concretament, en un punt del nostre planeta Terra. No pretén ser tampoc un acte de fe o un text documentat sobre usos i costums, religions i maneres de vida a la terra que descric. La meva única intenció ha estat mostrar per mitjà dels ulls d'un nen que no sap res, perquè no l'ha ensenyat ningú, allò que percep d'una situació dramàtica que comença quan el seu pare el ven i es veu arrencat de la seva llar i obligat a treballar brutalment. En els meus viatges, sempre que he parlat amb nens o nenes, he vist als seus ulls aquella innocència pura i incontaminada. I aquesta és la innocència que he volgut preservar al meu protagonista. Ell ens explica la història, la seva història, i ho fa en primera persona des de la ignorància. Posar en les seves paraules o els seus pensaments reflexions alienes a la seva realitat hauria estat falsejar la veritat. Per tant, aquesta novel·la no és un tractat social, polític, religiós o econòmic al voltant d'un món, sinó la veu transparent d'un de tants protagonistes de l'horror humà.*

És així com he volgut transmetre'l.

El títol, l'he pres d'una experiència que va tenir lloc a Medellín —Colòmbia—, en la qual intentaven convertir allò quotidià en art públic. Un autobús recorria el barri d'Antioquía —més conegut avui com Trinidad— recollint objectes dels seus habitants; però objectes amb història, la història i els records dels seus protagonistes. Em va semblar un nom bonic i vaig decidir «manllevar-lo» per a aquesta novel·la.

pròleg

ELS RECORDS

Em dic Kalil Mtube i vaig néixer en una aldea de Mali que ni tan sols surt als mapes, Mubalébala, al sud de Bankass i molt a prop de la frontera amb Burkina Faso. Una aldea petita i perduda, lluny de qualsevol lloc, sense res, sense electricitat, sense comoditats. De petit creia que no hi havia res més, que el món sencer era el meu petit món. Desconeixia distàncies, raons, perquès, quans i coms. Sabia que la meva mare em donava amor i que els meus germans i germanes, tots més petits que jo, eren sempre a prop. No era una vida fàcil, però a mi m'ho semblava. No sabia res, i en la meva ignorància, era feliç.

Però la ignorància és també l'arrel de molts dels nostres mals.

Quan tenia set o vuit anys, potser nou, perquè el temps es distorsiona en la infància, l'home savi del meu poble, en Mayele Kunasse, em va parlar del món. Em va dir que darrere les muntanyes, els deserts, la sabana i les planúries plenes de valls i rius que ens envoltaven, hi havia altres paisatges, altres gents —fins i tot d'altres colors—, i altres maneres de ser i d'entendre la vida, extraordinàries, misterioses i inquietants alhora. Va ser en Mayele Kunasse qui va poblar la meva ment de somnis per primera vegada i qui la va omplir de llums. Jo era un nen, àvid d'inquietuds, disposat a obrir el cor. Un nen que veia i absorbia, que esperava i creia. Era innocent. Encara. I des d'aleshores, sempre vaig saber que un dia abandonaria casa meva, el meu poble, per veure aquell altre món, tot i que, segons en Mayele Kunasse, era perillós, cruel, amarg. Un món egoista on els éssers humans s'odiaven els uns als altres.

Podria dir que ara sé moltes coses, que en Mayele Kunasse tenia raó i que no en tenia, perquè al llarg de la meva experiència i després d'aquesta, jo vaig conèixer primer el dolor, la soledat, la injustícia, però després, finalment, vaig trobar la pau i la bondat. Podria dir que, en efecte, el món és gran, i que hi viuen persones felices en països feliços i persones tristes en països tristos, i també persones felices en països tristos i persones tristes en països feliços. Avui sé que a la meva terra, l'Àfrica, milions de persones es moren de sida. Sé que les guerres que ens assolen, tribals o no, són l'herència del colonialisme que ens va dominar des de temps remots. Sé que hi ha una Àfrica seca i sense aigua que mata milers de persones portant-les a la fam. I sé que hi ha una Àfrica que espera, que confia, que té un futur, encara que ens sembli llunyà, tan llunyà que avui ens fa l'efecte que és impossible.

Ho sé.

Com sé que hi ha milions de nens, no solament a la meva terra, sinó a tot el món, que han passat, passen i passaran pel mateix que vaig passar jo: l'esclavitud.

L'esclavitud en ple segle XX, i en ple segle XXI.

Sí, jo sé tot això ara. El més amarg és que també ho sàpiguen milions de persones més, i que elles, tot i poder, no facin res.

El que explicaré és la veritat, la meva veritat, encara que ara ho recordi amb la distorsió del temps. Quan va succeir, jo amb prou feines coneixia noms o detalls, si passàvem per aquella ciutat o per aquell riu. Així doncs, el meu relat oferirà matisos que en aquells dies m'eren desconeguts. Procuraré que entengueu el que vaig sentir i el que vaig veure, tot i que faci servir paraules que llavors no sabia. Intentaré ser directe i raonable, utilitzar un llenguatge comprensible sense gaires termes difícils. Ho intentaré perquè us submergiu en la història, no en els seus «detalls africans» més simples o irrellevants. En Mayele Kunasse em va dir un dia: «Parla sempre amb el cor. I si el teu cor emmudeix, no parlis.»

Avui parlo amb el cor, però amb paraules que brollen de la meva ment.

Em dic Kalil Mtube i aquesta és la meva història, tal com la recordo.

EL CAMÍ

Venda

No vaig saber que el meu pare em venia; ni tan sols quan vaig escoltar aquell estrany diàleg.

—Quant?

—Vint.

—És molt.

—És fort.

—Està prim.

—Però és fort.

—Quina edat té?

—Catorze.

—No sembla que en tingui més de dotze.

Em disposava a dir que tenia dotze anys, en efecte. No entenia per què el meu pare s'equivocava, o mentia. Però quan vaig buscar els seus ulls ell me'ls va apartar, igual que un cérvol fugint de la fletxa que el persegueix.

—Trobaré un altre comprador.

El meu pare es va disposar a agafar-me la mà.

—Espera't —el va aturar l'home—. Te'n dono deu.

—És molt poc. En necessito vint.

—Ningú no te'n donarà vint.

—Dinou.

—Onze.

—Divuit.

—Dotze.

No sabia de què parlaven, tret que ho feien de mi.

Els ulls del meu pare sempre havien estat profunds, però des de la mort de la meva mare aquella profunditat s'havia estretit. La mirada sorgia del més profund d'aquelles coves, i estava adolorida. Per primera vegada en l'últim any, havíem passat gana. La terra s'assecava i els animals es morien. Com ella. Com la Kebila Yasee.

La recordo bonica... tot i que amb el naixement del meu novè germà es va posar malalta i va perdre tota la seva energia.

—Disset.

—Tretze.

—Setze.

—Catorze.

—Quinze.

—Quinze.

Es van donar la mà.

Després, l'home es va treure de la butxaca aquells diners. Es deien dòlars. Eren verdosos i estaven molt arrugats. Els va comptar i els va donar al meu pare.

Després d'això, el meu pare em va mirar per última vegada.

I en el més profund d'aquelles coves, al fons de les quals hi havia els seus ulls, vaig veure els rius de la Lluna apaivagats i continguts per la presa de la seva emoció.

El meu pare no va plorar ni amb la mort de la meva mare, per bé que, després, va passar molts dies sol.

—Vull que em prometis que tindrà una vida millor —va dir a l'home.

—La tindrà —va assegurar ell—. Una família, estudiarà, treballarà...

El meu pare va abaixar el cap i, llavors, va fer mitja volta i es va posar a caminar.

Jo vaig tractar de seguir-lo, però l'home em va retenir.

—Pare?

Silenci.

—Pare!

Vaig voler caminar darrere seu. Llavors la mà que em subjectava em va estrènyer l'espatlla com una grapa.

Vaig forcejar.

—Pare!

—Quiet —va dir l'home.

El meu pare es va empetitir. La distància el va robar de la meva proximitat. La seva olor, la seva calor, el seu gest. Tot es va fer difús. Recordo els seus peus nus petjant la senda que no tornaria a trepitjar mai més. Recordo la seva esquena encorbada. Recordo, també, el recolze del camí que el va devorar igual que un lleó a l'aguait.

—Pare... —vaig murmurar per última vegada.

I, en desaparèixer ell, a la mà de l'home va aparèixer, com per art d'encanteri, una vara de fusta amb què em va pegar de sobte.

—Vinga, camina! —em va cridar.

Vara

Vaig saber que succeïa alguna cosa molt greu.

Jo no entenia res, però tampoc no era ignorant. Havia vist transaccions al mercat, el regateig dels venedors i els compradors. I alguna cosa més. L'Anake Musampa va desaparèixer un dia del poble, i els seus pares no van dir res a ningú. Però molts van veure plorar la seva mare. I al cap de pocs dies, tenien una vaca que va alimentar la resta de la família. El meu pare també somiava tenir una vaca.

Vaig mirar l'home. Vaig mirar la mà que empunyava la vara. Als seus ulls no hi vaig veure amor, sinó duresa. A la seva mà no hi vaig veure tendresa, sinó crueltat. Vaig fer un gest va de fugir i no ho vaig aconseguir. La vara es va incrustar a la meva esquena. El vent es va tallar en aquell moment i el foc va penetrar a la ferida. Va ser un esclafit sec, però no vaig emetre cap so de dolor. «Nosaltres no ens queixem», acostumava a dir-me en Mayele Kunasse. I ell era savi. De manera que el creia.

Van dir que l'Anake Musampa estudiava lluny, i que un dia tornaria convertit en un home just i acabalat. Ric.

Era el meu amic, i per això el vaig trobar a faltar.

—Camina —em va ordenar l'home.

El seu transport, un tot terreny vell i atrotinat, s'esperava a menys de deu metres. El camí buit pel qual el meu pare se n'havia anat era ara el paradís perdut. L'home va aixecar la vara i jo em vaig protegir amb els braços. No va arribar a pegar-me. Notava una gota de sang baixant-me per l'esquena nua. La meva ment estava seca.

Sí, vaig saber que alguna cosa molt greu estava passant, però el pitjor era que succeiria una cosa encara més greu.

L'home em va fer pujar al cotxe, i una vegada a dalt, em va encadenar. A ambdós costats del terra hi havia uns tubs metàl·lics fermament soldats. Va posar un grilló en un i em va subjectar l'altre al peu esquerre. No va dir res. Va tancar la porta i es va asseure al seient del conductor, va posar el cotxe en marxa i ens vam allunyar.

En una hora em trobava més lluny del meu poble del que mai hauria somiat ser.

I vam viatjar durant moltes hores més.

El vehicle no tenia vidres, sinó plàstics esgrogueïts pel sol. La coberta era de lona. Tan sols veia terra que canviava, més i més, diferent a mesura que el cotxe hi avançava a sotragades. Els camins eren de vegades tan polsosos que s'aixecaven núvols que donaven a l'escena un aspecte fantasmal. No transitàvem per cap carretera. Les carreteres, com vaig saber després, tenen asfalt, i condueixen al món. Els camins són de terra, i porten als pobles i les muntanyes, la selva i la vida.

En fer-se fosc, jo creia que em trobava a l'altra banda de l'univers.

Quan ens vam aturar, l'home em va lliurar un bol de fang amb una mica d'arròs i pasta de nyam[1]. Tenia gana,

---

[1] Mena de puré que s'elabora amb nyam, cuit o rostit, i al qual s'afegeix farina de blat de moro.

de manera que ho vaig devorar. També em va donar aigua. Jo estava atemorit per la seva vara, però tenia encara més por del desconegut, de saber-me lluny de casa meva i del meu poble. Tenia més gana, però no li vaig demanar més menjar.

—I el meu pare?

No hi va haver resposta. L'home menjava al peu del tot terreny. Jo continuava a dins, encadenat al tub, ara assegut a la gatzoneta a terra.

—Per què...? —vaig intentar tornar a parlar.

L'home va agafar la seva vara. La va aixecar. Seria la seva veu durant els dies següents, i vaig aprendre a obeir-la. Encara em feia mal l'esquena del primer cop. Vaig callar i abaixar el cap, vaig escurar el meu bol. Quan l'home va instal·lar una petita tenda de campanya i s'hi va ficar a dins, vaig saber que a mi em tocava dormir al cotxe, estirat a terra.

La meva primera nit fora de casa i sense llibertat va transcórrer en silenci.

No obstant això, dins meu hi havia una gran tempesta que amb prou feines em va deixar agafar el son.

Propietat

Vam reprendre el camí a l'alba. Per a la meva gana no hi va haver menjar, per a la meva sorpresa sí que hi va haver paraules. L'home em va dir el seu nom.

—Em dic Zippo.

No sabia quina mena de nom era aquell.

—Sóc com el foc, per això tinc nom d'encenedor.

I es va posar a riure, encara que jo no ho vaig entendre.

Però li vaig preguntar:

—I el meu pare?

—Calla. Com et dius?

—Kalil Mtube.

—Et diré Ka.

No era de Mali. No sabia d'on era. Duia roba occidental, pantalons caqui, camisa molt suada, botes grosses, barret d'ala ampla. La seva pell era una mica més clara que la meva i estava lleugerament obès.

—No em dic Ka.

Va agafar la vara i em vaig dir Ka.

Aquell dia vam recórrer més i més distància. Quilòmetres, en deia ell. I es va aturar a prop de dos pobles. Va tornar, les dues vegades, amb les mans buides i amb aire emmurriat, remugant improperis en veu baixa. No sabia què feia ni què buscava, però la meva ment s'anava formant una idea del que passava. No entenia els motius ni coneixia les paraules, però m'adonava que una transacció és una transacció a tot arreu. Diners a canvi d'alguna cosa. I jo havia estat aquesta cosa.

Quan va arrencar el tot terreny la segona vegada, va anar uns quilòmetres a tanta velocitat que vam estar a punt de bolcar. Llavors va tornar a la prudència i va deixar que els seus nervis es calmessin. Va beure aigua.

—Tinc set.

No em va voler escoltar.

—Sisplau, senyor Zippo.

Em va allargar la cantimplora i vaig beure.

A la nit va tornar a parar enmig del no-res i em va servir un altre bol amb menjar i aigua. El vaig devorar més de pressa que la nit anterior, i amb la mirada li'n vaig suplicar una mica més sense que el seu cor es commogués. Semblava pensarós. No em va desencadenar en cap moment i vaig dormir, de nou, al terra metàl·lic i rovellat del cotxe.

Aquella nit vaig pensar en els meus germans i germanes, en allò que el meu pare els devia haver dit, i en la meva mare, l'essència de la qual devia vagar pel país dels estels, lliure de les penes de la terra. En Mayele Kunasse, que per alguna cosa, insisteixo, era l'home savi del meu poble, m'havia dit que hi ha una vida millor més enllà de la raó i que viatgem cap a ella quan el nostre cos es refreda. L'anomenava Pau Eterna.

Amb la nova alba, l'home em va mirar als ulls i em va dir:

—T'has portat bé. Beu.

I vaig beure.

Però després no vaig oblidar preguntar-li:

—I el meu pare?

—Maleït sigui! —va cridar—. Vols deixar de preguntar això? Que no t'adones que no tornaràs a veure'l? Ets estúpid o què?

—Per què no tornaré a veure'l?

—Perquè ara ets meu, i val més que continuïs portant-te bé!

—Em porto bé.

—Que sigui així, o t'escorxaré viu —va brandar la seva vara com una papallona de fusta, davant el seu rostre.

—Però jo no sóc teu —li vaig dir.

La vara em va creuar la cara.

Em va mirar des de dalt, mentre jo plorava de dolor.

—Oh, i tant que ho ets —va escopir a terra cada paraula—. Meu i ben meu. He pagat uns bons diners per tu. Treballa de valent i potser algun dia podràs tornar a casa, i també amb diners. Depèn de tu, noi. Ara digues, em causaràs problemes?

Em coïa la galta.

—No —vaig somicar.

En Zippo em va treure del tot terreny i vaig fer les meves necessitats —en algun moment m'havia advertit que si orinava o defecava a dins em faria netejar-ho amb la llengua—, i vam tornar a reprendre la marxa.

Baixàvem cap al sud-oest.

Aquell dia no va ser millor que l'anterior. I, les altres dues vegades que l'home es va aturar a prop d'algun poblat, va tornar amb les mans buides i cada cop més i més enfadat. Jo volia que pogués trobar allò que buscava. Ho desitjava amb tota la meva ànima.

Mare

Tot va ser diferent des que la meva mare es va morir.

La vaig veure extingir-se a la cabana del poblat, sense forces, cada dia amb menys carn entre la pell i els ossos. El meu novè germà va haver d'alletar-lo la Nyae Doussouna, la filla de la qual havia mort en néixer; per això tenia els pits curulls d'una llet preciosa que no es podia desaprofitar. Jo passava moltes hores del meu temps al seu costat, quan no era necessària la meva presència als camps o el meu pare estava ocupat en altres tasques. La meva mare era dolça, les seves mans eren fermes, aspres com la terra, però agradables com les cançons que sortien dels seus llavis. Ja era molt gran, però no tant perquè li arribés la mort. Crec recordar que tenia poc més de trenta primaveres.

—Me'n vaig —em va dir aquell dia.

—On?

—Al país dels estels.

—Vull anar amb tu.

—No pots.

—Per què?

—Perquè encara no et toca. Has de quedar-te aquí i treballar. En canvi, a mi ja m'ha arribat l'hora.

—Tornaràs?

—No es torna del país dels estels.

—Aleshores no hi vagis.

—He d'anar-hi.

—On és el país dels estels?

La meva mare va assenyalar el cel. Era de nit i sobre els nostres caps brillaven milers de punts lluminosos espurnejant en una simfonia màgica. Una nit fosca, sense lluna. La mena de nit en què, segons en Mayele Kunasse, el caçador surt a caçar.

Un gran caçador invisible es disposava a endur-se la llum que desprenia el cor de la Kebila Yasee.

—Mare...

—Tingues cura dels teus germans i germanes. Protegeix el teu pare, ja que ets el gran. Busca'm al país dels estels cada vegada que et sentis sol. Faré que un brilli una mica més per a tu, o tremoli i et transmeti el meu afecte.

Vaig mirar al país dels estels, però no vaig veure res.

—Mare —vaig cridar.

Els arbres enfosquien el cel. Entremig de les branques i fulles, amb prou feines s'albirava un tros de cel. Em vaig sentir tan sol, de sobte, que vaig témer que la meva ment es girés a l'inrevés com li havia succeït al vell Ngoro, al qual tothom reverenciava com un sant perquè vivia al costat ocult del seu cervell.

Estrany. A Occident, als anomenats bojos se'ls tanca, mentre que en altres cultures se'ls exalça, se'n té cura i se'ls protegeix. Són éssers il·luminats.

Sí, quin món més estrany. Una mateixa cosa és blanca per als uns i negra per als altres. Bona per a aquells, dolenta per a la resta.

Estava esgotat, de manera que em vaig adormir. Finalment.

Fins que a l'alba, de nou, em va despertar la primera sotragada que va fer el tot terreny en tornar a posar-se en marxa i la veu malhumorada d'en Zippo.

Companyia

Aquell matí en Zippo va tornar a l'automòbil amb un...

Com anomenar-lo?

Amic? Company? Germà?

La seva pell era negra com la meva; els seus ulls, el meu reflex acovardit; el seu cos, molt més prim i desnerit. L'home el va llançar a l'interior del tot terreny i, quan el nouvingut va voler escapar-se com un peix entre les mans, la vara d'en Zippo va reaparèixer gairebé com per art d'encanteri i li va segellar l'esquena com m'havia fet a mi. El nen va emetre un crit de dolor i va recular cap a l'interior del cotxe.

—Deixa'm!

La vara es va abatre damunt seu dues vegades més. La primera, sobre els avantbraços que protegien el seu rostre. La segona, sobre les cames. Els quatre segments rogencs es van convertir en una misteriosa *X* que es va trencar en posar-se a plorar, desdibuixant-ne la figura. No havia vist mai tanta basarda en un rostre.

És clar que jo encara no havia vist el meu.

—Marc! —va cridar el noi.

La seva vivia.

En Zippo el va encadenar, com a mi. Ja no hi va haver resistència. Les ferides coïen. Ho sabia molt bé, perquè encara em cremava la de l'esquena. I, tot just obrir-se, les mosques volaven des de tot arreu per furgar-hi. El nouvingut es va asseure davant meu i em va mirar amb odi, sense fixar-se que jo també estava encadenat. Em disposava a dir alguna cosa, però el nostre raptor, que devia tenir alguna cosa de bruixot, ens va ordenar:

—I calleu!

De manera que vam callar.

El tot terreny es va posar en marxa i vam tornar a rodar dues o tres hores més, segons vaig calcular per la posició del sol. Circulàvem per camins cada vegada més impenetrables que en Zippo semblava conèixer bé. El vaig sentir cantussejar; així doncs, el vaig imaginar content. Malgrat tot, ni el noi nou ni jo vam parlar. Ell s'arraulia al fons, aguantant, com podia, les sacsejades del vehicle, mentre jo procurava que l'argolla del peu no em ferís més la carn. Quan vaig veure que el nen s'orinava a sobre, vaig obrir els ulls i vaig moure el cap mostrant una còmplice discreció, però advertint-li que allò era dolent. Tot en silenci. En Zippo estava massa distret conduint i no ens prestava atenció.

Va ser al migdia quan, per fi, el cotxe es va aturar i

l'home va baixar a estirar els braços i les cames. Va consultar l'hora. Jo havia vist alguna vegada un rellotge, i fins i tot n'havia tocat un de molt bonic, daurat, d'uns comerciants de Burkina Faso un dia que van passar pel meu poble conduint una furgoneta pintada de colors. El d'en Zippo era gran i tenia moltes esferes. De vegades feia sorolls estranys. Sempre que brunzia, en Zippo treia alguna cosa d'una capseta que duia a la butxaca i ho ingeria.

Creia que era cosa de màgia.

Ens va donar el menjar i l'aigua i tot seguit es va posar a caminar, endinsant-se a l'espessor. No sabíem si estava fent les seves necessitats o...

Era la primera vegada que estàvem sols des de la seva arribada.

Així doncs, vam parlar.

Amic

—Com et dius?

—Ieobà Bayabei.

—Jo sóc en Kalil Mtube.

—Per què estem encadenats?

—Ens han comprat.

El nen em va inundar amb una mirada que no oblidaré mai. Quan hem d'assumir l'absurd, la veritat no té sentit. Per a ell allò era tan il·lògic com ho havia estat per a mi. Un malson.

—Qui ens ha comprat? —va quequejar.

—Ell. En Zippo.

—El senyor Duadi Dialabou?

—Es diu així? A mi em va dir que es deia Zippo.

Què importava com es digués?

Els ulls d'en Ieobà Bayabei tornaven a estar plens de llàgrimes. Les vores rogenques de les seves ferides formaven camins oberts a la seva pell fosca i mat. La meva brillava.

—Els meus pares m'han encomanat a ell perquè em busqui una feina i una educació. El senyor Duadi Dialabou els va prometre...

—El meu també creia això —vaig dir—. Però en Zippo li va pagar quinze dòlars per mi.

—Vull tornar amb els meus pares.

Li van caure dues llàgrimes gruixudes. Van relliscar per les seves galtes igual que rius sense mare que es desborden com una cascada en arribar a la mandíbula. Va mirar el grilló de la seva cama abans de tornar a enfonsar en mi els seus ulls de cristall líquid.

—Per què? —va murmurar.

—No ho sé —vaig admetre.

—On ens porta?

—Tampoc no ho sé.

—Creus que... li pertanyem de debò?

Vaig ser sincer en dir:

—Sí, si ha pagat per nosaltres.

Al capdavall, pertanyíem als nostres pares, oi?

—He sentit històries...

Les llàgrimes d'en Ieobà Bayabei eren cada vegada més abundants. Queien sense parar mullant-li les cames. Respirava amb fatiga, li faltava l'aire, el seu pit pujava i baixava sense compàs. De vegades perdia l'alè i passava un o dos segons abans que el recuperés de nou. Tremolava.

Em veia en un mirall.

—Quina mena d'històries?

—Ens donaran a les bèsties perquè mengin...

—No hauria pagat tant per nosaltres. Més aviat crec que som valuosos per a ell.

—I això? —va assenyalar les seves ferides.

—Són esgarrapades.

—T'ha pegat a tu? —va assenyalar la meva galta.

Li vaig mostrar l'esquena.

—Quina edat tens?

—Onze anys —va respondre el meu company.

El meu nou amic.

—Jo en tinc dotze —vaig sospirar amb l'estranya suficiència que dóna l'autoritat de l'edat.

—D'on ets? Com es diu el teu poble?

Vam parlar durant aquella estona. Uns minuts que van ser el nostre primer indici de llibertat. Fins que vam sentir uns gemecs, uns plors, uns crits, i va aparèixer en Zippo, o el senyor Duadi Dialabou.

No venia sol.

Arrossegava per la mà dos nens i una nena, d'uns quatre o cinc anys. I ho feia amb els mateixos miraments que havia tingut amb nosaltres, és a dir, cap.

—Voleu callar? —els va cridar, sacsejant-los en arribar a la vista del tot terreny—. Silenci o us mato aquí mateix!

Va tirar la nena a terra i li va etzibar una puntada de peu. Als dos nens, simplement els va pegar amb la mà, però van acabar també a terra, arrupits.

De manera que ara n'érem cinc.

I els nous, molt, molt petits.

Massa perquè ho entenguessin.

Aquella nit els nens i la nena van plorar molt.

Ni els càstigs ni els cops els van fer callar.

Havíem recorregut un altre llarg camí per les mateixes sendes muntanyoses, i ara el tot terreny era una mena de cabana-guarderia on els plors es multiplicaven. Si el silenci dels meus dos primers dies va ser espantós, i la companyia d'en Ieobà Bayabei aquell matí em va resultar angoixant, la presència dels petits va aportar a la nostra incipient odissea un caire d'horror sense més paraules que les necessàries per descriure'l. En Zippo, el senyor Duadi Dialabou per al meu company, es va afartar de pegar-los —a ells amb la mà—, sense aconseguir que callessin. Els seus rostres mostraven l'avenc obert als seus fràgils universos. De sobte, tot era diferent. El cotxe feia molta pudor perquè els orins i els excrements dels petits anaven de banda a banda amb les batzegades del camí, a pesar de la recomanació d'en Zippo que no s'ho fessin a sobre. Cridava, però cada crit no feia res més que augmentar la confusió i la por. Deia enfurismat, copejant la mampara lateral com si fos un gong:

—Calleu o us abandonaré aquí mateix!

I els nens, després de contemplar-lo amb prou feines una fracció de segon en silenci, intensificaven els seus xiscles d'espant. L'escena hauria estat, fins i tot, una mica còmica si no fos per les dimensions del que allà dins, en aquell nou món sobre rodes, s'abatia sobre nosaltres.

Quant pot plorar un nen petit?

Aquella nit van plorar tot el que no havien plorat en la seva vida.

Les mans d'en Zippo van acabar vermelles, més que

els seus ulls injectats de sang. També era la primera nit fora de casa per a en Ieobà Bayabei, però ell ja no plorava ni feia preguntes. Ara tota la nostra atenció se centrava en aquells tres diminuts presoners.

La nena era molt bonica, de cara rodona, ulls rodons, llavis rodons i cos rodó. Menuda i amb dues alegres trenes, col·locades a tall de banyes, als dos costats del cap. Duia un vestidet rosa, extravagant, curiós. La seva mare devia haver-lo comprat en algun poble o ciutat, en algun mercadet de roba occidental. Era molt incòmode, tot i que ella el lluïa amb gràcia, com si fos la peça més bonica del món. Els nens, en canvi, eren lletjos, lletgíssims, esdentegats, vestien com nosaltres, és a dir, l'un portava pantalons curts i l'altre, llargs; l'un anava sense camisa i l'altre, amb una peça descolorida fabricada quan ni tan sols els seus pares havien nascut. Anaven tan descalços com en Ieobà i jo.

No hi va haver manera que ens diguessin el seu nom. A nosaltres també ens miraven com si fóssim monstres.

A l'hora d'anar-se'n a dormir, en Zippo estava cansat de pegar-los i cansat de sentir-los —ni tan sols sé quina de les dues coses era la que més el molestava—, de manera que va optar per la fórmula més directa.

Els va emmordassar.

I els va lligar les mans a l'esquena.

—S'ofegaran... —em vaig atrevir a dir.

En Zippo encara tenia prou forces per a una última pallissa.

—Així aprendràs a callar i a tenir cura de tu mateix —va panteixar quan va quedar esgotat.

Després va baixar del tot terreny, es va ficar a la seva tenda i es va adormir.

En Ieobà Bayabei es va acostar per ajudar-me. Vaig entreobrir els ulls i vaig contemplar els altres tres. Ja no es movien, ni gemegaven. Acabaven d'entendre. Del tot. Els seus sis globus oculars, blancs igual que llunes plenes enmig de la negror, reflectien millor que qualsevol altra cosa allò que sentien.

—Prometeu-me que no fareu ni direu res si us trec les mordasses i us deslligo —va xiuxiuejar el qui seria el meu amic i company de fatigues futures.

La nena va ser la primera a assentir amb el cap.

Mentre en Ieobà Bayabei els alliberava, jo vaig mirar els estels a l'altra banda del vehicle.

Cap no guspirejava.

O potser ho feien tots, i jo era ja incapaç d'adonar-me'n?

Indicis

Durant una bona part de la jornada següent, ja no ens vam aturar excepte per menjar o fer gasolina, que l'home portava en bidons lligats als dos costats del cotxe. Quan vam parar per menjar vam poder baixar i estirar les cames.

—Ni se us acudeixi arrencar a córrer. El poble més proper és a hores d'aquí i us moriríeu a l'espessor, entesos?

Els camins es van fer més abruptes i la selva, més impenetrable. En Zippo, que a l'alba no havia dit res en trobar-se els tres nens sense les mordasses i els lligams a les mans —al capdavall ja no ploraven—, tenia els cinc sentits posats en la conducció. A mitja tarda, el tot terreny va tornar a aturar-se i vam veure un petit campament amb tres tendes de campanya repartides enmig de la clariana del bosc. Dos homes es van acostar al nostre comprador sense alarmar-se per la seva presència. Vam comprendre que el coneixien.

—Uele Dourou —va dir un—, et fèiem a l'altra banda de la frontera.

—Vaig i vinc molt —va respondre en Zippo, anomenat Duadi Dialabou segons en Ieobà Bayabei i ara conegut com a Uele Dourou per aquells homes—. Com va tot?

—Estem esperant en Minsei. Però no és una bona època —va reconèixer el que havia parlat.

—No, no és una bona època —el va secundar l'altre.

—Quants en portes? —va preguntar el primer.

—Cinc —va dir l'home que tenia tants noms.

—No està malament —va ponderar el segon.

—Perquè vaig lluny, molt amunt, a buscar-los. Als pobles de l'est. De qualsevol manera, abans viatjava amb el cotxe ple, això sí que és veritat.

Els dos homes van treure el cap a l'interior del vehicle per mirar-nos. L'un era més negre que la nit i l'altre, de color xocolata. L'un tenia una enorme cicatriu que li deformava la cara, i l'altre era molt vell i li faltava la mà esquerra. Però tots dos tenien mirada de cocodril.

—T'hi atreveixes amb els petits? —va dir el de la cicatriu.

—Per què no?

—Darrerament no tenen tanta sortida. Hi ha problemes amb ells.

—Era el lot complet. Tres al preu d'un. No crec que hi surti perdent. Com està la frontera?

—No ho intentis per Kadiana. Fes servir les rutes entre Fakola i Manankoro.

—És el que pensava fer —va reconèixer l'home.

Jo vaig memoritzar tots aquells noms que no coneixia i que van resultar ser ciutats i pobles situats al sud del meu país, Mali, a prop de la frontera amb la Costa d'Ivori, la nostra destinació. Al cap d'un temps, els vaig reconèixer en mirar per primera vegada un mapa. Eren allà. Tots i cadascun. Tots menys el meu poble, que no ha sortit mai en cap.

—De tota manera, no hi ha gaire vigilància.

—No, com sempre.

—Ja.

Els tres homes es van apartar del cotxe i ens vam quedar sols, tots cinc, uns minuts, mirant-nos en silenci.

Passar la frontera.

Érem més lluny de casa del que haguéssim somiat mai, i anàvem encara més lluny.

La frontera és sempre sinònim de més enllà.

I, per a la meva gent, és sinònim de «no retorn».

Frontera

En Zippo, Duadi Dialabou, Uele Dourou, o com es digués l'home, no es va quedar gaire temps a l'improvisat campament dels seus amics. Va voler aprofitar les hores de llum i va emprendre una veloç cursa per les sendes de traficants, de manera que, al capvespre, érem molt a prop de la frontera. Llavors va aturar el vehicle, va entrar a la part de darrere i va procedir a emmordassar-nos un per un, i també a lligar-nos les mans a l'esquena perquè no poguéssim fer soroll.

A més, ens va advertir:

—Un sol soroll i us pegaré fins a deixar-vos inconscients.

Jo vaig ser l'últim que va lligar.

—Això s'acabarà aviat —em va dir.

Era la seva primera paraula consoladora.

—Sí —vaig assentir amb el cap.

—Si m'agafen a mi —va anunciar abans de tancar les portes de darrere del cotxe—, no us penseu que a vosaltres us anirà millor. Ells us mataran igualment. O creieu que us tornaran a casa? Els problemes, val més eliminar-los.

No sabíem qui eren «ells».

Però el vam creure.

Vam tornar a posar-nos en marxa.

Era molt difícil mantenir l'equilibri, tot i estar asseguts a terra, amb les mans lligades, sense poder subjectar-nos enlloc, amb el cotxe fent batzegades i anant d'un costat a l'altre amb cada clot o cada pedra que ensopegàvem. Xocàvem els uns amb els altres, rodolàvem pel terra produint uns «clangs» sords i apagats contra la xapa metàl·lica. Ens fèiem mal. A més, emmordassats i lligats, les nostres esperances es van esvair d'un cop de ploma en travessar la frontera, si bé no sé en què podíem tenir encara esperances.

Aquella nit vam abandonar Mali i vam penetrar a la Costa d'Ivori.

L'ESCLAVITUD

Nena

En Mayele Kunasse havia parlat alguna vegada del ric país del sud, i ara hi érem. La meva imatge d'un «ric país» se cenyia a la idea que cada cabana tingués la seva pròpia vaca o algunes cabres, i cada família, prou menjar per subsistir. I, naturalment, un pou proper. Aigua. L'aigua és la vida. Però quan vam travessar la frontera vaig continuar veient la mateixa terra, els mateixos arbres, les mateixes plantes i el mateix cel sobre els nostres caps, i vaig aprendre que el món és igual aquí i allà, i que les fronteres són traços invisibles als terres de la imaginació de l'ésser humà. Traços que separen riqueses i res més. Traços que et diuen qui ets i d'on ets, a què pertanys i quin és el teu destí. Sobretot això últim.

Durant dos dies, vam viatjar lligats i emmordassats

al tot terreny de l'home dels tres noms. Només ens permetia fer un passeig al migdia i un altre a la nit per desentumir els músculs, menjar i fer les nostres necessitats. A l'alba del tercer dia, ja no ens va lligar. Va encreuar els braços davant nostre i ens va parlar així:

—Som a la Costa d'Ivori, i estem junts en això. Us porto perquè tingueu una vida millor, i algun dia segurament m'ho agraireu. Treballareu i guanyareu uns diners per subsistir. És més del que us esperava als vostres pobles. Així doncs, a partir d'ara, val més que ho entengueu i col·laboreu. Digueu-me, voleu continuar viatjant així?

Tots vam fer que no amb el cap, fins i tot els tres nens petits.

—Molt bé. Si algú ens atura, recordeu que sou els meus fills. De moment, dos de vosaltres viatjareu al davant amb mi una estona, i després uns altres dos. Això us agradarà, oi? —va somriure amb una fingida condescendència—. Si us porteu bé, us donaré menjar dues vegades al dia.

Això va ser definitiu. Teníem gana. Molta gana.

Em va tocar ser l'últim a anar al davant. Primer ho van fer en Ieobà Bayabei i la nena, després els dos nens, i finalment la nena i jo. No havia viatjat mai amb cotxe, i encara menys al davant. Des d'allà tot es veia diferent, molt millor. El món canvia segons on siguis tu. Al darrere era un esclau apallissat. Al davant era un home mirant cap al seu destí. Allà també anava lligat, però d'una altra manera. Era un cinturó de seguretat. Em protegia en cas d'accident. En Zippo va insistir que el duguéssim posat, tot assegurant que allà la policia era molt primmirada. Em vaig fixar en com conduïa el cotxe, la manera de moure els peus amb aquells tres pedals, la manera com manipulava una vara coronada per un puny de fusta amb què augmentava o reduïa la velocitat. Però el millor va ser travessar un poble, el meu primer contacte amb la Costa d'Ivori, assegut al davant. Veia passar rostres i cossos, cases i cabanes, a la velocitat del llamp. Alguns nens van aixecar les mans per saludar-me, i jo em vaig sentir, per un moment, important. Vaig aixecar la meva i els vaig saludar. Fins i tot vaig somriure.

Sí, va ser bo viatjar al davant.

Ho vaig fer set vegades.

Set vegades abans que la realitat tornés al nostre petit univers.

Aquell dia en Zippo va baixar del tot terreny i s'emportà els dos nens i la nena. En Ieobà Bayabei i jo ho vam veure tot des de dins. Va parlar amb un home que conduïa un luxós automòbil. Un vehicle com jo no n'havia vist mai cap abans. Era tan llarg que devia fer almenys dues cabanes. I era de color blanc. La cosa més blanca i bonica que els meus ulls recordaven. En Zippo i l'home van discutir, i van discutir més, i van discutir molt més. En Zippo s'enfadava i l'home negava amb el cap. En Zippo empenyia els dos nens cap a ell i l'home només subjectava la nena. En Zippo, això, i l'home, allò. Al final, l'home va lliurar a en Zippo uns bitllets. Diners. Dòlars. Sempre dòlars. El món es reduïa a aquesta paraula. Va ser la fi de la discussió.

L'home va ficar la nena al seu cotxe i en Zippo va tornar amb els dos nens.

Enfurismat i de mal humor.

Va obrir la porta del tot terreny i va empènyer els dos petits cap a dins, de molt mala manera.

—Teniu problemes! —els va apuntar amb un dit amenaçador.

Problemes

La meva primera ciutat.

Una ciutat de debò, amb cases de fang i tova en forma de maó, fins i tot de dos pisos, botigues plenes de mercaderies, bullícia, animació, crits, molta gent caminant pels carrers polsosos, dones transportant tota mena de paquets sobre el cap, bicicletes, motocicletes, automòbils, camions... autobusos! Autobusos de colors! No sabia on mirar. I ja no pensava en fugir. No tenia sentit. Avui sé què és la síndrome d'Estocolm, la necessitat que té el capturat d'acostar-se al seu raptor, perquè és l'amo de la seva llibertat i del seu benestar immediat. Però si hagués sabut el que m'esperava, hauria obert aquella porta i m'hauria perdut pels carrers de Séguéla.

Séguéla.

Vaig aprendre més en aquelles hores que en molts anys.

Vaig descobrir un prodigi. Màgia pura. Una petita finestra plena de persones diminutes. Vaig mirar en Zippo.

—No has vist mai un televisor, condemnat?

Vaig veure uns homes, negres com jo, corrent a l'interior d'aquella petita finestra, juntament amb uns altres tan blancs com el cotxe de l'home que es va endur la nena. Horriblement blancs. Vaig veure com un dels negres creuava una línia del terra per davant dels altres i aixecava els braços, i com li donaven una bandera i continuava corrent mentre centenars, milers d'homes i dones reunits i atapeïts en aquell lloc l'aplaudien i l'ovacionaven. No entenia res, però la cara de l'home era feliç i somreia, plorant i besant aquell terra que semblava màgic. I la gent del bar, que presenciava tot allò davant del que en Zippo, entre rialles, havia anomenat televisor en veure la meva cara d'espant, l'aplaudia i l'aclamava. Algú va dir: «Àfrica!», i tothom va tornar a cantar i a demanar begudes.

—Hi ha uns jocs olímpics a Barcelona —va remugar en Zippo.

Volia preguntar-li què eren uns jocs olímpics i què era Barcelona, però l'home dels tres noms va tornar a arrencar el cotxe després que un aparell amb tres discos de colors canviés de vermell a verd. El bar, el televisor i tota la resta van quedar endarrere.

A més d'haver-ne vist a la finestra de colors, allà vaig veure també en persona el meu primer home blanc.

Semblava malalt, tan pàl·lid, sense cap color a la pell. Potser per això vaig pensar que la seva roba era tan estúpida, vermella i groga i verda i...

—Turistes —va manifestar en Zippo—. Ho omplen tot. Condemnats...

Vam continuar rodant per aquell nou món.

Quan es va aturar en una zona desordenada, bruta i plena d'escombraries, no va trigar a aparèixer un altre home. En Zippo va parlar amb ell una estona. Van esperar. I al cap d'uns minuts va arribar un cotxe, no tan gran ni tan blanc com el que s'havia emportat la nena, però gairebé. El seu conductor va baixar, va saludar en Zippo i tots tres es van posar a caminar fins on érem nosaltres. Tan bon punt es va obrir la porta del darrere del vehicle, en Ieobà Bayabei i jo vam saber que res de tot allò no ens incumbia.

El nouvingut va mirar els dos nens.

Amb prou feines van ser uns segons.

—Estan molt prims —va dir l'home en la nostra pròpia llengua, adreçant-se a en Zippo.

—Ells sempre ho estan —li va contestar.

—I són massa petits.

—L'última vegada et van semblar grans, ara et semblen petits! Proves de confondre'm o regatejar-me? Sóc jo qui va i ve!

—I jo qui compra a bon preu. —L'home li va dirigir una mirada d'aterridora superioritat.— I aquests, no els vull.

—Ayo, què dius? —en Zippo tremolava.

—T'ho vaig advertir l'última vegada. Compres massa barat, no exigeixes, i t'emportes allò que et donen al preu més ridícul.

—Compro el que hi ha! Et penses que és senzill? Ni amb promeses que treballaran i estudiaran els venen com abans! Quan hi hagi una altra sequera o més problemes tornaran a vendre en massa, però ara...! Vinga, Ayo, és un bon preu.

—No em serveixen de res si se'm moren. Els últims se'm van morir, l'un a les cinc setmanes i l'altre als dos mesos. No, no els vull. Aquesta vegada no.

—Tu vas dir...!

—Nens forts, sis o set anys, en condicions. Fixa't en aquesta porqueria. I no creguis que els col·locaràs fàcilment. En Naué et dirà el mateix que jo, i en Fekessou, i en Sibayo. Emporta-te'ls, Zippo, emporta-te'ls.

—Ayo!

L'home va començar a caminar cap al seu automòbil, seguit de la primera persona que havia aparegut.

A nosaltres no ens va agradar gens la cara d'en Zippo, i encara menys la manera com ens va mirar.

Abandonats

Vam passar un dia i mig a Séguéla.

En Zippo va parlar amb altres persones, els va mostrar els dos nens. A nosaltres, ni ens miraven. Només a ells. Tots van reaccionar com aquell primer home anomenat Ayo, tot i que a ells no els vam entendre perquè parlaven una altra llengua. Això tant era, perquè n'hi havia prou de veure les seves expressions, o percebre el to de les seves paraules. En Zippo estava cada vegada més enfadat. Cada vegada conduïa més a cop de geni, sacsejant el volant del tot terreny. Cada vegada mirava de pitjor manera els dos nens, esporuguint-los amb la duresa dels seus ulls. Alguna cosa anava malament, i no calia ser gaire llest per saber què era.

Al capvespre del segon dia, després d'una última reunió amb un altre home i una dona en una placeta a prop d'un mercat, en Zippo va conduir el cotxe, irritat, fins a unes vies fèrries. Vaig veure el meu primer tren, aturat a prop, amb la seva poderosa locomotora negra, però també vaig veure alguna cosa més.

Al lluny, a la dreta, hi havia l'estació. Més a prop, a l'esquerra, ruïnes i vegetació devorant-les.

En Zippo va baixar i va obrir la porta del darrere. Va agafar els dos nens petits pels braços i els va fer baixar. Potser més aviat s'hauria de dir que els va estirar fins a fer-los caure. Va tancar les portes i els va mirar. En Ieobà Bayabei i jo érem al davant.

—Ja està, s'ha acabat —va dir Zippo—. Toqueu el dos!

Els dos nens es van posar drets.

No oblidaré mai les seves carones.

—No m'heu sentit? Sou lliures! Marxeu!

No es van moure.

L'un va agafar la mà de l'altre. Aquest es va posar a plorar. En Ieobà Bayabei em va posar la seva a l'espatlla i la va estrènyer.

Aleshores, de les ruïnes que teníem a l'esquerra, van començar a sortir nenes i nens tan petits com els nostres dos companys i, alguns, també grans, tot i que no pas més que jo. Duien parracs o anaven despullats, estaven prims i a les seves cares no hi havia res que recordés que eren nens. Només dolor i odi.

Un d'ells va agafar una pedra.

La va llançar contra el tot terreny.

Una nena va agafar una pedra.

La va llançar contra el tot terreny.

En Zippo ja els havia vist. Es va apartar dels dos nens i va retrocedir cap a la porta del seu costat. La primera pedra va passar a un pam del vehicle. La segona va impactar al capó.

—Merda! —va cridar en Zippo.

Els altres nens ja llançaven una pluja de pedres sobre nosaltres. Dos o tres dels grans corrien en la nostra direcció. En Zippo va posar l'automòbil en marxa, va enfonsar la vara amb què canviava de velocitat al seu suport i va trepitjar dos dels pedals. Primer vam sortir marxa endarrere. Després, vam ser projectats cap endavant quan va enfilar el camí pel qual havíem arribat després de fer la volta. Jo mirava tant els dos nens que estàvem abandonant com la resta, que se'ns tirava a sobre. Dues pedres més van caure sobre el capó, una tercera va encertar una de les rodes, una quarta va passar a escassos centímetres del meu propi cap. Vaig haver de ficar-lo a dins.

Em quedava el retrovisor per veure els nostres dos companys de viatge.

—Una altra vegada els mataré! —va cridar en Zippo—. Desagraïts! Què volen, que els torni? Ningú no agraeix res!

Un dels perseguidors, malgrat la seva primesa extrema, gairebé va arribar a pujar a l'automòbil. Li vaig veure la cara. No era humana. Era el rostre d'un nen embogit. I devia tenir nou o deu anys. En Zippo va fer una maniobra per esquivar-lo, el nen va perdre peu i va caure a terra sense poder agafar-se enlloc. Els altres, veient que ens escapàvem, ens van llançar la seva última pluja de pedres.

Vam fugir de les vies fèrries just en el moment en què un tren emetia un xiulet anunciant alguna cosa, la seva arribada o la seva sortida.

Pluja

Aquella nit vam dormir novament encadenats.

En Ieobà Bayabei i jo ens vam mirar desanimats i silenciosos; en Zippo continuava molt enfadat. Havia pagat per dos nens que no havia pogut vendre. Ens feia por preguntar-li per nosaltres; no era bo dirigir-li la paraula sense més ni més, encara que, per alguna estranya raó, era com si sabéssim que ja teníem una destinació, que érem una mercaderia diferent respecte als tres petits amb els quals vam compartir una part d'aquell viatge. En cap moment no va tractar de vendre'ns, i això significava alguna cosa.

No ens equivocàvem.

Estàvem arribant a la nostra destinació.

El final del viatge.

La nostra nova llar.

De Séguéla a Vavoua, per la carretera principal, vam abandonar definitivament la sabana per la qual havíem estat viatjant des de la nostra entrada a la Costa d'Ivori. La terra, poc després de deixar enrere Séguéla, es va convertir en un bosc ombrívol i espès, de vegades selvàtic per la seva bigarrada vegetació. En plena Vavoua ens vam desviar cap a l'oest amb prou feines cinc quilòmetres. Finalment, i per una pista forestal quasi impracticable, vam tornar a baixar cap al sud en direcció a Dédiafla. El poble següent era Kétro, però ja no hi vam arribar. En algun lloc entre aquests dos punts, el tot terreny es va apartar de la senda i vam començar a transitar per aquell món, que seria el meu món durant els mesos i anys següents. En Zippo tenia pressa, però no va tenir en compte els elements. Havia plogut regularment al nord. Ens trobàvem en l'època de pluges, que en aquella zona de la Costa d'Ivori va de juny a setembre. En canvi, a l'oest del país plovia més entre març i octubre. De manera que aquella tarda va caure una gran tempesta i això va convertir el camí en un fangar completament impracticable. La cortina d'aigua era tan gruixuda que en Zippo no va tenir altre remei que aturar-se per tal de no quedar atrapats en algun lloc.

No ens va encadenar. Ja no.

—Hi ha animals salvatges, i sereu lluny de qualsevol poble, entesos? Demà arribareu a casa.

La paraula «casa» ens va resultar estranya.

En Ieobà Bayabei devia recordar la seva mare, i el seu pare, i... Jo vaig pensar en els meus germans i germanes. En el meu pare, ja no. D'alguna manera, començava a odiar-lo.

Ens vam sumir en un dels nostres grans silencis, trencat només per mirades ràpides i furtives.

Per primera i única vegada, vam dormir tots tres a l'interior del tot terreny, aquella nit. No vaig saber si era a causa dels animals de què havia parlat en Zippo, o si era per la pluja, que, sens dubte, va ser torrencial, incessant. A dins sonava com si milions d'insectes ens bombardegessin provant d'entrar. En Zippo roncava. Era desagradable veure'l estirat amb el seu cos inerme. Hauríem pogut, fins i tot, matar-lo.

Tot i això, ens vam adormir, i a l'alba el silenci era tan impressionant com la tempesta. El sol brillava.

Fi

En Zippo va fer que ens rentéssim. Va ser una benedicció. No ho havíem fet des de la nostra sortida de casa. Per un moment, ens vam convertir en allò que érem, dos nens jugant enmig d'un toll, feliços, esquitxant-nos l'un a l'altre. No vam gaudir gaire estona. Ens va ordenar sortir i, llavors, ens va donar roba neta, tot i que usada. Una camisa verda i uns pantalons marrons amb pedaços per a mi. Una camisa blava i uns pantalons negres per a en Ieobà Bayabei. Els meus tenien només dos estrips, l'un al camal esquerre i l'altre al cul. Els del meu amic en tenien tres. Però, llevat d'això, era bona roba, molt bona roba. Una mica ampla per a nosaltres, de manera que també ens va donar uns cordills perquè ens lliguéssim els pantalons i no ens caiguessin.

Per acabar ens va lliurar unes sabates.

No havia tingut mai unes sabates.

—Poseu-vos això si voleu sobreviure. Els qui van descalços aquí els maten abans les serps i els escorpins.

També ens venien grans, i estaven molt velles i gastades. Però ens les vam posar amb una rara emoció. No duien cordills i ens queien, de manera que hi vam ficar algunes fulles. El pitjor va ser caminar-hi. Semblàvem ànecs marejats. En Ieobà Bayabei es va riure de mi i jo, d'ell. Ens vam oblidar, per un moment, de la nostra realitat més immediata i de l'incert futur que ens esperava.

Perquè allò era el senyal que havíem arribat al final del viatge.

Vam reprendre el camí.

Al cap de dues o tres hores, vam començar a veure nois com nosaltres, amb matxets, segant les males herbes.

Així vaig veure el meu primer camp de cacau.

I tots els altres.

Quilòmetres i quilòmetres de camps de cacau.

No ens vam aturar fins a arribar a un campament que va aparèixer, de sobte, darrere un recolze del camí. Allà es trobava el centre d'operacions, el cor d'aquell univers tancat i tan apartat del món com la Terra de la Lluna. No era gaire gran: uns barracots fets de palla, tova, fulles seques i pilars de fusta i canya per al tractament i la fermentació del cacau; els assecadors; una casa petita i tronada que devia pertànyer a l'amo; i poca cosa més; una torre per a la ràdio i una altra amb un dipòsit d'aigua, tot i que hi havia una gran bassa enmig del recinte de la qual bevia en aquell moment un gos. Vaig tenir la sensació que tot allò havia conegut temps millors i vivia la decrepitud d'un prolongat ocàs...

El cotxe es va aturar.

I en aquell moment, per primera vegada, vaig veure en Manu Sibango.

Vaig saber el seu nom perquè en Zippo el va dir en veu alta.

Transacció

Amb prou feines va saludar l'home dels tres noms. El primer que va fer va ser examinar-nos, i nosaltres a ell, tot i que d'una manera diferent. En Manu Sibango devia tenir uns quaranta anys, duia una jaqueta de color vermell, amb la cremallera oberta fins al melic, i uns pantalons plens de butxaques. Calçava unes sandàlies i es cobria amb un barret de palla ennegrit per la suor. El seu rostre era rodó, de mirada cansada, com si acabés d'aixecar-se del llit. Una calma trista es desprenia dels seus ulls petits i rogencs. Tenia la boca gran i les mans fortes. Però allò que més ens va impressionar va ser el fuet que duia a la seva cintura i el xiulet de canya penjant del seu coll.

—D'on són? —va preguntar a en Zippo.

—Mali —va dir ell.

—Parlen francès?

—No ho crec.

—Dioula[2]?

—Per descomptat.

Ara es va dirigir a nosaltres.

—Quina edat teniu?

—Dotze.

—Onze.

—Traieu-vos la camisa.

Ho vam fer i ens va tocar els braços, per sobre i per sota. Va calcular la nostra força prement els bíceps. Ens va examinar les mans, el palmell i el dors. Ens va pressionar el pit i el ventre, després va fer el mateix amb l'esquena. Les meves ferides de vara ja havien cicatritzat. Tot i això, en Manu Sibango va tocar la de l'esquena i vaig sentir una coïssor.

—Els pantalons, avall.

El vam obeir. El fuet tenia més veu i més poder que la vara d'en Zippo. Ens vam abaixar els pantalons sense arribar a treure'ns-els i ell ens va tocar les cames, les cuixes, els bessons i també el sexe. Va ser com si sospesés els nostres testicles. Finalment, ens va examinar el prepuci.

—Estan sans —li va aclarir en Zippo.

En Manu Sibango no va dir res.

—Vestiu-vos —va ordenar.

Ens vam pujar els pantalons i ens els vam lligar amb el cordill. La camisa, la vam deixar oberta. Feia una calor

[2] Una de les llengües més comunes a Mali, la Costa d'Ivori i Burkina Faso, encara que el francès sigui l'idioma oficial als tres països. A Mali també es parla bambara, malinke, kasonke, senufo, songhai, tamashek i wasuklunke; i a la Costa d'Ivori, a més de senufo al nord, s'hi parla yacuba, agni i baulé. Aquesta última llengua és la de l'ètnia més important i la que porta les regnes del poder.

sufocant, i la humitat s'enganxava al cos com una segona capa de pell. Estàvem com flotant enmig d'un silenci trencat només per un cant llunyà. No es veia ningú a prop.

—Joves i forts —va parlar en Zippo, fent un gest de nerviosa ansietat.

—Joves i inexperts —va exclamar l'amo de la plantació.

—Discutirem també aquesta vegada? No vull regatejar. Ha estat un llarg camí fins aquí.

—Jo no vull regatejar tampoc —en Manu Sibango va arronsar les espatlles fatigosament—, però el preu del cacau no para de baixar i baixar. És terrible. No puc pagarte ni tan sols el mateix que l'última vegada.

—Fas broma? Te'ls he portat directament a tu! Vols que me'ls emporti a una altra plantació?

En Manu Sibango va encreuar els braços.

—Manu! —va protestar en Zippo.

—Digues-ho als europeus, els americans i els asiàtics. Ells en tenen la culpa.

—He pagat molt per cadascun d'ells!

—Vint a tot estirar.

—Trenta pel gran i vint-i-cinc pel petit!

—Enganyaràs el vell Manu Sibango?

—És veritat, t'ho juro!

—Te'n dono trenta-cinc per cadascun, ni un més.

—Quaranta!

—No, trenta-cinc, i no estic regatejant. Això va de debò. Ho agafes o ho deixes.

—Ets un lladre!

En Manu Sibango es va plantar. Nosaltres no importàvem. Tot quedava entre ells. Però si un dels dos havia de guanyar, aquest era l'home del fuet a la cintura i el xiulet penjat del coll. A l'últim en Zippo ho va entendre. Volia desempallegar-se de nosaltres i tornar a casa seva, fos on fos.

—No tornaré a portar-te treballadors —es va rendir.

—Anem a la meva cabana —va proposar Manu Sibango—. Beurem un got de *tchapalo*[3] i et pagaré.

—No tens *kotoukou*[4]?

Tots dos es van allunyar deixant-nos allà sols.

Al cap de deu minuts continuàvem al mateix lloc, sense gosar moure'ns.

Va ser la penúltima vegada que vaig veure en Zippo, també anomenat Duadi Dialabou, també conegut com Uele Dourou. Va pujar al cotxe amb què ens havia portat i es va allunyar sense dirigir-nos ni tan sols una última mirada.

Esclaus

En Manu Sibango ens va portar a un dels barracots. No hi havia ningú. Tothom era als camps. Ens va preguntar si teníem gana i li vam dir que sí. El seu to era eixut, cansat, però aparentment amable. Va ser una benvinguda dolça. Va anunciar que demanaria que ens preparessin alguna cosa especial, un *foutou*[5]. En Ieobà Bayabei va obrir els ulls i em va mirar amb un principi

---

[3] Cervesa de mill.

[4] Aiguardent fet a base de *bangui*, la saba de la palmera, amarga i dolça alhora.

[5] Plat nacional de la Costa d'Ivori, a base de plàtan, en una versió, i de nyam en l'altra. Se serveix acompanyat de peix o carn.

de somriure a la seva cara. Quan va veure el meu aspecte entristit, va corrugar les celles. Així que se'n va anar en Manu Sibango, va voler saber què em passava.

—No ho entens? —li vaig dir—. No és res més que un menjar. És el nostre amo, i nosaltres, els seus esclaus. Ha pagat per tots dos. Treballarem per a ell, com els nois que vam veure mentre arribàvem fins aquí!

—No!

—Ieobà Bayabei, què és el que esperes? Som esclaus!

—És una feina, una feina! En Duadi Dialabou ho va dir als meus pares. Treballaré i tindré una educació, i un dia tornaré al meu poble per...

—No tornarem mai a casa!

Els ulls se li van omplir de llàgrimes. L'any que ens portàvem de diferència, de vegades es convertia en un abisme. Era un nen que s'entestava a creure, a pesar de tot; aquella era la seva font d'esperança. Jo m'havia tornat realista des de la mort de la meva mare, realista en ser venut pel meu pare, en ser assotat per la vara, en veure els nens de l'estació, en veure com en Zippo venia la nena o abandonava els altres dos. Realista.

—Per què has vingut fins aquí? —va gemegar en Ieobà Bayabei.

—No sabia on ens portaven, ni per què! Però ara ho sé! I ara sí que puc fugir!

—Fugir? Ets un boig! Ni tan sols saps on ets!

—Hem arribat fins aquí, oi? Doncs bé hi deu haver un camí de tornada.

—Kalil Mtube...

Tornava en Manu Sibango, amb el seu pas lent i peresós. Va dir que ens portarien de seguida el *foutou* i que, mentrestant, ens donaria les primeres instruccions, recomanacions, orientacions... Es va asseure davant nostre a la gatzoneta.

—Escolteu-me bé, perquè no repetiré això una segona vegada —va advertir, apuntant-nos amb un dit—. Sou treballadors. Sou a la meva plantació de cacau. No és una plantació gran, i jo no sóc un home ric. Però sóc just. Els vostres pares us han encomanat a l'intermediari que us ha portat fins a mi. Treballareu de sol a sol, sense descans, com a homes que sou. I si no és així, aquí us hi avesareu i aviat arribareu a ser-ho. Un cop l'any, quan vengui les collites i comprovi si hi ha hagut beneficis, us pagaré per la vostra feina. El primer any, dels cent cinquanta dòlars que haureu guanyat aproximadament, us descomptaré el que he donat per vosaltres. El segon any i els següents que sigueu aquí, ja tindreu el vostre sou íntegre. Aquesta és la vostra casa —va abraçar el barracot amb les dues mans—; menjareu dues vegades al dia. És una bona vida, digna i decent per a qui vulgui aprofitar-la. Però no poseu a prova la meva paciència —el seu to es va fer sec i el seu gest, esquerp—. Si penseu fugir, sapigueu que no aconseguireu sobreviure allà fora. I encara que ho féssiu, jo tinc una motocicleta i us atraparia. Sempre correré més, i sóc més llest que vosaltres perquè conec aquesta terra. Ningú no s'ha escapat de la meva plantació. Quan agafo el qui vol fugir, l'enterro fins al coll dos dies la primera vegada, tres la segona, i ja no n'hi ha més, perquè al tercer dia es mor. Apreneu les normes i la vostra vida serà una bona vida —era el final del llarg discurs—. D'acord?

En Ieobà Bayabei va assentir amb el cap.

—I tu? —em va mirar a mi.

Vaig trigar massa a respondre.

En Manu Sibango se'n va adonar.

—Sí —vaig murmurar.

—Avui descanseu. Deveu haver tingut un llarg viatge. Demà us explicaré la resta.

Es va posar dret. El menjar arribava en aquell moment. El portava una nena d'uns deu anys que mirava a terra per no ensopegar, perquè només tenia un ull sa. Eren dos bols de fusta bruta i el *foutou* no feia l'efecte de ser gaire exquisit. Però era menjar, i estàvem afamats.

Havia de menjar abans de fugir d'allà.

—Beveu de la bassa —va dir el nostre amo abans d'anar-se'n.

Derrota

Des de la porta, vaig dirigir el que creia que seria una última mirada a en Ieobà Bayabei.

—Vine —li vaig demanar.

El meu company es va arraulir al fons, va enganxar l'esquena a la paret del barracot i va enfonsar el rostre entre les cames.

Vaig fer mitja volta i me'n vaig anar.

Em vaig adonar, gairebé de seguida, que les sabates, per córrer, eren una nosa. Tot i això, no vaig voler perdre-les. Era l'únic que tenia. Potser les podria vendre. Me les vaig treure i les vaig guardar a les butxaques dels pantalons. Una a cadascuna. Després, els meus peus van començar a volar per la terra. I poc m'importava que hi hagués serps. Els meus ulls recorrien el terra i l'espai obert al meu davant per evitar perills, no ensopegar i seguir una mateixa direcció.

Tot i això, vaig caure dues vegades.

L'una, per un forat amagat a la vegetació. L'altra, per esquivar alguna cosa que em va semblar sospitosa i que va resultar no ser res.

Al cap d'uns minuts, vaig sortir a una clariana i vaig topar de cara amb una dotzena o més de nois, tots una mica més grans que jo, que amb el matxet a la mà, treballaven al camp. Em van mirar amb sorpresa, encara que ho van entendre ràpidament.

Jo també me'ls vaig mirar. No sabia si farien un crit d'alarma o si m'ajudarien.

Ni una cosa ni l'altra.

Un em va parlar en una llengua que no vaig entendre. Un altre, en una altra.

La tercera era dioula.

—Quan has arribat?

—Fa una estona.

—I on vas?

—Fujo.

—No pots fugir —va negar amb el cap.

Uns altres dos es van sumar a la discussió en la nostra llengua.

—Torna o serà pitjor.

—Moriràs, i si no mors, en Manu Sibango et castigarà.

—Vull ser lliure. Jo no sóc un esclau.

—No som esclaus —va dir el primer—. Treballem a canvi d'una paga.

—No hi ha escapatòria —va tornar a parlar un dels altres dos.

—Si ens pregunta, no mentirem. Ens compromets a tots —va continuar el segon.

Suposo que ho vaig entendre molt abans que la meva voluntat s'enfonsés com un castell a la sorra. Tot i això, em vaig rebel·lar per un moment. Vaig mirar l'espessor. El cel s'havia cobert i amenaçava pluja. De la terra pujava un baf dens i sufocant.

La veu d'en Mayele Kunasse es va escampar per la meva ment:

—Retrocedir no és senyal de covardia, sinó d'intel·ligència. Sempre es pot intentar de nou, i, a més, és més savi.

Vaig tornar al campament, caminant a poc a poc, furiós i espantat, sentint com em tornava la por. Por per la impotència, perquè ja era tard, perquè no podia fer res. Por perquè el meu destí acabava de consumar-se.

Vaig trobar en Ieobà Bayabei al mateix lloc on l'havia deixat, plorant.

I en veure'm es va aixecar, va córrer cap a mi i em va abraçar tremolant.

Explicacions

Els treballadors dels camps van arribar quan es ponia el sol, xops. Tornava a ploure copiosament i la cortina d'aigua s'abatia sobre la terra formant un mur sòlid. La majoria eren joves, però no tant com nosaltres. Molts tenien catorze, quinze o setze anys, alguns arribaven als disset i ja eren homes, i pocs superaven aquesta edat. Van aparèixer davant els nostres ulls igual que un exèrcit derrotat i abatut, i es van deixar caure a les màrfegues de palla o a terra, allà on dormissin. A nosaltres, ens van dirigir algunes mirades i, de moment, poca cosa més. Cap pregunta. Si érem allà era per la mateixa raó que ells, i havíem arribat, quasi amb tota seguretat, de la mateixa manera.

Cap dels onze que dormien al nostre barracot no era dels que, en la meva fugida, havia vist al camp.

El nyam preparat amb una mica d'arròs es va servir quasi a continuació. Tornava a tenir gana, de manera que el vaig engolir, escurant fins a l'últim gra d'arròs amb les mans. Després, un per un, vam desafiar la pluja per beure a la bassa central. Jo em vaig treure la camisa i els pantalons, perquè no es mullessin. Quan tornava al barracot, vaig veure que en Manu Sibango es dirigia cap allà amb un enorme paraigua negre que el protegia de la pluja. Vaig entrar sense prestar-li atenció i vaig recollir la meva roba per vestir-me. Quan vaig voler adonar-me'n, el seu fuet es va abatre sobre la meva esquena nua, gairebé al mateix lloc on encara cicatritzava la ferida produïda per la vara d'en Zippo. Vaig caure a terra i em vaig girar, mig furiós, mig espantat, mig adolorit. L'amo de la plantació es dreçava com un sentinella davant meu, i m'observava amb els seus ulls apagats. Ni tan sols mostrava enuig. La seva cara era una màscara.

—On anaves? —va voler saber.

Ho vaig entendre al moment. Una bona informació sempre era valuosa per a l'informador. Qualsevol dels que havia ensopegat en la fugida...

Així doncs, valia més no mentir, ni fer el ximplet.

—Examinava el terreny. —Em vaig mossegar el llavi per dominar el dolor, i encara més les llàgrimes que podien trair-me i mostrar la meva por.— Volia aprendre com més aviat millor com és això.

Silenci.

—Sóc aquí, oi?

En Manu Sibango va deixar transcórrer uns segons. Acostumava a fer-ho quan li passava alguna cosa pel cap. Vaig tenir oportunitat de comprovar-ho durant el temps que vaig ser allà. De vegades, pensava les coses una mica més del normal. D'altres, fingia prendre-s'ho amb calma mentre raonava intentant entendre-les adequadament. Quasi sempre calculava els pros i els contres. Devia pensar que una altra fuetada m'esllomaria, i acabava de pagar trenta-cinc dòlars per mi.

Va aixecar el fuet.

I jo em vaig posar dret.

No va ser un desafiament, va ser una prova d'honestedat. Una manera de dir: «No em pegaràs. Ho veus? M'he posat dret perquè no tinc por, no he fet res, i tu no em pegaràs.»

En Manu Sibango va esperar.

Va abaixar la mà a poc a poc.

Va guardar el fuet, va recollir el paraigua, se'n va anar del barracot i llavors va ser quan em vaig deixar caure a terra de genolls, exhaust per la fuetada.

Els onze nois, més en Ieobà Bayabei, em van envoltar.

Un va parlar en una llengua. Un altre, en una altra. El tercer ho va fer en dioula.

—Tens pebrots.

—Fa mal —vaig fer un gest d'impotència en no poder arribar-me a la ferida.

—Gira't.

Dues o tres mans em van guarir. Dues o tres mans em van ajudar a aixecar-me. Dues o tres mans em van dipositar a terra, de bocaterrosa. Només cinc dels presents, a més d'en Ieobà Bayabei, parlaven dioula. Allà tots érem estrangers, encara que molts sabien francès. Els altres el vam anar aprenent de millor o pitjor manera, i també altres llengües; prou per poder comunicar-nos. Va ser una cosa que em va mantenir ocupat molt temps en aquell lloc on no hi havia res més per fer: sense electricitat, sense cap avenç de la vida moderna —tot i que aleshores, de tota manera, jo tampoc no els coneixia—, sense res que no fos treballar de sol a sol.

Però, aquella primera nit, vaig començar a conèixer la vida que ens esperava al meu company i a mi.

—Em dic Sibrai Buekeke —es va presentar el que m'ajudava—. D'on ets?

—Sóc en Kalil Mtube, de Mubalébala.

—Mubalébala? Què és això?

—Mali —li vaig aclarir—. I tu?

—Jo sóc de Burkina Faso —va dir sense precisar més.

—Quant fa que ets aquí?

—Quatre anys.

En devia tenir uns quinze o setze.

—Per què no te'n vas?

—On? —va fer en Sibrai Buekeke, obrint els ulls.

—A casa.

—Ja no sé on és casa meva. —Va fer un gest d'indiferència.— Ni m'importa. Tant se val! El dia que l'amo em pagui i pugui anar-me'n, marxaré a Europa.

—T'ha pagat mai?

—No. Han estat anys dolents per al cacau. Si l'amo no guanya, no hi ha paga.

Em vaig estremir. En Ieobà Bayabei ja dormia, de manera que no ho va poder sentir.

—Què és Europa?

—Un lloc bonic, amb feina, amb oportunitats. Ningú no hi ven nens ni explota esclaus.

—I és lluny?

—A l'altra banda del mar.

—Què és el mar?

En Sibrai Buekeke es va posar a riure. Tenia moltes dents, encara que esgrogueïdes i mal posades.

—No ho saps?

—No, no ho sé.

—El mar és molta aigua, moltíssima aigua. Fins al cel.

—No cau?

Més rialles, ara acompanyades de les d'uns altres dos que ens escoltaven.

—Has d'aprendre molt, tu —va dir en Sibrai Buekeke.

Es va sentir una veu enfurismada a l'altra banda del barracot. Jo no la vaig entendre, tot i que vaig captar perfectament la seva intenció. De tota manera, el meu nou company va fer de traductor.

—Diu que dormim, que tots estem cansats i que demà l'amo ja t'instruirà com cal.

Feina

En sortir el sol, en Manu Sibango es va presentar a la porta del barracot amb la mateixa indumentària del dia anterior. La mateixa amb què el veuríem gairebé cada dia, com si no en tingués cap altra, o com si tingués dos o tres pantalons i jaquetes tots iguals. No el vaig veure mai sense el seu fuet ni sense el xiulet. Més endavant descobriria, també, que duia un ganivet amb mànec de vori amagat a la part del darrere dels pantalons. I, de vegades, molt de tant en tant, que sostenia un rifle a les mans.

A mi i a en Ieobà Bayabei ens va fer pujar a un tot terreny de la marca Land Rover. M'hi vaig fixar, com m'havia fixat en el vehicle d'en Zippo. Ens va dir que només ho faria aquesta vegada, per guiar-nos i instruir-nos, tot i que el camp on treballaríem era molt a prop dels barracots i el campament principal. No em va preguntar si em feia mal l'esquena. No vam parlar del que havia passat la tarda anterior. Però sí que sé que em va mirar llargament, tractant d'esbrinar si jo li donaria maldecaps o no. Vaig intentar no crear problemes, de moment. Guanyar-me la seva confiança. Així doncs, la meva actitud va ser en tot moment de màxima submissió. Fins i tot li vaig fer preguntes sobre la feina.

—No vulguis saber-ho tot el primer dia —em va contestar.

En Ieobà Bayabei es va mostrar més tímid i tallat. Realment, ell es va creure totes les paraules que en Manu Sibango va pronunciar la vigília. Va creure que treballaria a canvi d'una paga, que un cop tornada la comissió de l'intermediari seríem lliures, que allò era un trànsit cap a una vida millor —igual que la mort és el camí al paradís. No vaig intentar dissuadir-lo més. Envejava la seva innocència.

Perquè jo no creia res.

Ja no.

En tenia prou.

Als meus dotze anys, en tenia prou.

En Sibrai Buekeke feia quatre anys que era allà i m'havia dit que encara no havia rebut ni un sol dòlar. La collita sempre era insuficient. El preu baixava. En Manu

Sibango era un explotador, encara que les coses no semblaven anar-li precisament sobre rodes. El seu aspecte era tan miserable com el nostre.

L'única diferència era que portava el fuet.

—Tindreu el vostre matxet. Tracteu-lo bé —ens va dir—. És la vostra eina de treball. Si el perdeu o el trenqueu, us el descomptaré del vostre sou. Si mai apareix algú inesperadament i us pregunta qui sou i d'on veniu, heu de dir-li que sou d'aquí, de la Costa d'Ivori, que les vostres famílies viuen lluny i que heu perdut els papers. Si expliqueu que sou de Mali us detindran, i serà pitjor per a vosaltres, perquè us tancaran per il·legals. A mi no em faran res. Serà el vostre problema.

No va ser gaire. El trajecte tampoc no va resultar llarg. Ens va fer baixar a la vora d'un camp. Allà, i no crec que fos casual, hi havia en Sibrai Buekeke i els altres elements del nostre barracot. Devia ser el més gran, o el cap, perquè en Manu Sibango es va dirigir a ell:

—Digue'ls com fer servir el matxet, com collir les pinyes de l'arbre i com obrir-les, com fer-ho tot correctament. I que n'aprenguin aviat o et castigaré a tu.

Ens va donar un matxet a cadascun, va pujar al seu cotxe i va tornar al campament.

Recordo que aquell dia, després que en Sibrai Buekeke ens ensenyés en què consistia la nostra feina, vaig agafar el matxet i vaig sentir molta ràbia, molt d'odi, una enorme desesperació interior.

El primer cop que vaig descarregar, el vaig etzibar mentalment a en Manu Sibango. El segon, a en Zippo. El tercer, al meu pare.

EL CAMP

Temps

El temps transcorre de manera diferent en la joventut i en la vellesa. En Mayele Kunasse deia que els ancians l'assaboreixen perquè se'ls escapa, i els joves no el valoren perquè encara no han après a mesurar-lo. Jo vaig aprendre que el temps també transcorre de manera diferent en captivitat i en llibertat. El temps de llibertat és ociós i està encaminat al bé global de la família i del poble, però sense mesures que el coartin ni murs que el divideixin. El temps de captiveri, en canvi, és l'eternitat atrapada en cada segon i en cada minut, la necessitat imperativa de donar-lo al teu amo, sense altre benefici que el que ell obté a costa de la teva sang i el teu dolor, la teva raó i la teva vida. El temps de treball és amarg i el de la nit, efímer. El temps d'un somriure bressolat en la pau passa com una exhalació, mentre que el del teu odi es fa constant. I aquest odi s'afegeix a un altre temps que no té edat: el de la por. Estàs sol.

Estava sol.

Aquells primers dies van passar entre sobresalts i xocs brutals amb la realitat de cada moment.

Treballàvem de sol a sol, tots els dies, sense descans. No hi havia dissabtes, ni diumenges, ni jornades de recuperació. Passàvem dotze o catorze hores als camps de cacau, dinàvem en menys de trenta minuts i, de vegades, preferíem fer-ho en cinc i aprofitar el temps restant per dormir una mica. Tornàvem al vespre, sopàvem i ens n'anàvem a dormir. Alguns nois parlaven d'aquell prodigi que jo havia vist a la ciutat, la televisió. Però allò funcionava amb electricitat, i allà no n'hi havia. Uns altres deien que a casa seva sentien la ràdio, i que això no necessitava electricitat. El problema és que ningú no tenia cap ràdio, ni les petites bateries que la feien funcionar. Un noi va parlar del plaer de la lectura, i va dir que lamentava que allà no hi hagués res per llegir, un diari o un llibre. Em va explicar que els signes que vaig veure a les ciutats eren lletres, i que amb les lletres es formaven paraules, i amb les paraules, frases. Tot allò que dèiem es podia escriure.

Va ser ell qui va traçar per primera vegada el meu nom amb un matxet a la sorra, una nit, després de la pluja.

Kalil Mtube.

Com serps quietes al fang.

Al matí, el meu nom encara continuava allà. Constituïa la prova que era viu. La meva empremta. A la nit, tanmateix, va tornar a caure un fort aiguat i el meu nom es va esvair com llàgrimes a la pluja.

El menjar era escàs. Arròs i nyam, arròs i nyam, arròs i nyam. I per beure, la bassa que compartíem amb els animals. En Ieobà Bayabei va intentar ser fort, però molt aviat va començar a trencar-se com una tija esclafada per una plaga implacable. Per sort, totes les vegades que vaig creure que no ho resistiria, i en van ser moltes als primers dies, em va demostrar fins a quin punt la naturalesa humana és capaç de sobreposar-se als infortunis més angoixants. Així doncs, el meu company en aquell viatge va adobar la seva ànima amb les gotes de l'experiència caient lentament, molt a poc a poc, sobre el seu ànim.

En Sibrai Buekeke es va fer amic nostre.

De vegades, no entenia per què era tan feliç. De vegades, no entenia per què feia bona cara al mal temps. De vegades, dubtava del seu seny, o de la seva sinceritat, o de les dues coses alhora.

Acostumava a dir:

—Si alguna cosa és inevitable, no l'evitis, segueix-la. I espera que sigui evitable sense abaixar la guàrdia.

Tots els qui érem allà vivíem en les mateixes condicions i teníem la nostra pròpia història. Cap no era millor ni pitjor. L'única diferència era que, en el meu cas, la necessitat de ser lliure no va minvar ni un sol d'aquells dies.

Es va fer cada vegada més forta.

Seguia.

Però esperava «allò evitable», sense abaixar la guàrdia.

Ferida

La primera gran lliçó que vaig aprendre allà me la va donar el destí al cap de deu dies d'haver arribat.

Era mig matí, el sol es trobava al punt més alt, feia molta calor i el baf de la terra era tan dens que ens cremava els pulmons. Recollir les pinyes era esgotador. Cada tall que fèiem amb el matxet per obrir-les comportava un esforç que requeria una respiració profunda, i cada respiració ens inundava el pit amb una humitat que ens abrusava, que ens cremava a tot el cos igual que si estiguéssim buits i el foc recorregués cada camí fins al final.

Vaig veure en Ieobà Bayabei un segons abans que succeís la desgràcia.

Es va posar una mà sobre els ulls i es va treure la suor; ho devia haver fet malament, perquè una gota rebel queia per la seva pell quan feia el següent tall i...

El seu braç esquerre es va interposar entre el matxet i la pinya.

El crit del meu amic va ser esgarrifós. Va rompre el silenci d'una punta a l'altra del camp, sacsejant-nos a tots. Ningú no va deixar d'alçar el cap. Ningú no va deixar de buscar l'origen d'aquell crit. Ningú no va reaccionar com ho vaig fer jo.

—Ieobà Bayabei!

Era a uns deu metres, agenollat, amb el braç esquerre estès i la sang sortint a borbolls com una font. El seu cor l'empenyia igual que un èmbol i ell, aterrit, contemplava el profund tall en silenci. Amb el seu crit havia cremat totes les paraules. El seu rostre mostrava l'aspecte de la mort. Vaig caure davant seu i em vaig treure la camisa amarada de suor. Havia vist fer allò al meu pare, de manera que no vaig tenir ni el més petit dubte de com actuar. Li vaig lligar la camisa una mica més amunt del colze i vaig frenar l'hemorràgia.

En aquell moment, els primers companys se'ns havien acostat.

—De pressa! —els vaig cridar—. Cal avisar en Manu Sibango!

No es va moure ningú.

—Què us passa? Vinga! Es pot dessagnar!

—Només és un tall —va dir un.

—Mala sort per a ell —va afegir un altre.

—Que vols que ens castigui l'amo? Com vols que deixem el camp? —va apuntar un tercer.

—I ell? —vaig assenyalar el meu amic.

Van arronsar les espatlles.

Vaig mirar en Sibrai Buekeke.

—Acompanya'l tu —em va aconsellar—. Nosaltres no ho podem fer.

Em va costar creure el que veia, però no em vaig entretenir a discutir. Vaig fer que en Ieobà Bayabei es posés dret i junts vam començar a caminar cap al campament. Dues vegades el meu amic va estar a punt de desmaiar-se, més per l'ensurt que no pas per la ferida. El vaig sostenir i en deu minuts vam arribar a la nostra destinació.

I si els nostres companys havien mostrat indiferència, el que va mostrar en Manu Sibango va ser... enuig.

—Si n'ets, d'estúpid! Tens idea del que val una bena i tot el necessari per curar-te això? Com se t'acut tallar-te, animal? I els vostres matxets?

Aquell dia em va guanyar la sorpresa.

—Jo...

—I tu torna a la feina! O vols que et descompti el temps perdut? Ja n'hi ha prou que un sigui idiota, però tots dos...!

Vaig tornar al camp. Vaig deixar en Ieobà Bayabei amb en Manu Sibango i les dones de la casa i, consternat, sense paraules, vaig desfer el camí sense entendre gaire bé què havia passat. Quan vaig arribar al camp, només en Sibrai Buekeke em va preguntar com estava el meu amic. Li vaig dir que bé, o almenys això creia.

—Li descomptarà del sou la bena i els medicaments que faci servir, ho sabies? I val més que demà vagi a treballar, perquè, si no, també li traurà cada dia perdut.

—Com és possible?

—És així —va fer un gest simple, rendit davant l'evidència.

Rebel·lia

Aquella nit, quan vam tornar, en Ieobà Bayabei dormia. Tenia un brut embenat cobrint-li el braç i els primers indicis de febre li inundaven el front. No va ser una bona nit, i jo estava massa esgotat, com sempre. Allò era un segell indeleble que tots dúiem enganxat a la pell. No vaig poder fer-li companyia despert. Dues vegades vaig obrir els ulls, sacsejat pels gemecs del meu amic. Dues vegades vaig comprovar que la febre augmentava. Al matí cremava, però el mateix Sibrai Buekeke va recordar les seves paraules de la vigília:

—Val més que vingui amb nosaltres al camp. Per poc que faci, serà suficient perquè l'amo no el castigui i consideri que ha treballat aquest dia.

En Ieobà Bayabei no s'aguantava dret.

Tot i això, vam anar al camp.

En Sibrai Buekeke i jo el vam subjectar. Li vam donar ànim. El vam posar a la millor zona, a l'ombra, de manera que no li calgués buscar-la ni lluitar per ella. Però va ser inútil. Al cap de dues hores de ser allà, el meu company es va desplomar a terra sense la més petita resistència. Quan li vaig tocar el front em vaig cremar.

—El portaré al campament.

Aquesta vegada, ni tan sols en Sibrai Buekeke es va moure.

—Ve algú?

—Ho vam fer per ell, perquè no perdés la seva paga del dia. Ara és cosa seva —es va justificar el noi que tenia més a prop.

El dia anterior havia pogut portar en Ieobà Bayabei caminant, l'un al costat de l'altre. Avui havia de fer-ho carregant-lo, gairebé esvaït. Em van venir ganes de plorar.

—No m'ajudarà ningú?

—No siguis boig. En Manu Sibango et castigarà si tornes a desafiar-lo —va insistir en Sibrai Buekeke.

Vaig agafar en Ieobà Bayabei en braços. Se'm doblegaven les cames. Jo només era un any més gran que ell, i estava tan prim com qualsevol. La meva força era la d'un nen que es forma. Encara no estava avesat a la feina als camps. Vaig fer una dotzena de passos abans d'ensopegar i caure a terra. Em vaig aixecar, i aquesta vegada me'l vaig carregar sobre l'esquena.

Vaig arribar fins a la vora del bosc.

Cinquanta metres.

I se'm van doblegar els genolls.

Era un heroi sense forces. Un amic sense poder.

—Sou uns covards! —vaig cridar als altres des d'allà—. Deixaríeu que es morís només per no irritar en

Manu Sibango! I el vostre sou... No cobrareu mai res, i ho sabeu! Mai! No sou més que uns esclaus!

No es van moure.

Vaig arrossegar en Ieobà Bayabei sota un arbre i vaig tornar a la meva feina.

A la nit, el vam portar al barracot; cremava per la febre i tremolava.

Càstig

Feia amb prou feines quinze minuts que érem al barracot, i jo mullava el front d'en Ieobà Bayabei per segona vegada amb aigua, quan es va fer el silenci.

Vaig aixecar el cap i allà hi havia en Manu Sibango.

—Vine —em va ordenar.

El vaig seguir. Hi havia una estaca al costat de la bassa i encara no coneixia la seva utilitat. Ho vaig saber aquella nit.

En Manu Sibango m'hi va lligar, em va treure la camisa i em va tirar a terra. Es va apartar uns passos i va agafar el seu fuet. Les cames se'm van doblegar de nou, aquesta vegada de por. Vaig buscar alguna cosa en els altres, una complicitat, un suport, una mirada d'encoratjament, però l'únic que vaig obtenir va ser el fred d'aquell silenci estremidor que en aquell moment ens envoltava. Els meus ulls van rebotar als seus. Cadascú de nosaltres era un supervivent. Cadascú tenia ja al seu cor la dosi necessària d'egoisme imposat per la necessitat de continuar viu. A més, jo havia infringit les normes no escrites, les lleis no pronunciades.

Semblava que en Manu Sibango era capaç d'endevinar el que em passava pel cap.

—Em dol fer això —va sonar la seva veu.

Va mirar al voltant com un general mira les seves tropes abans d'enviar-les a la mort, amb dolorosa emoció.

—Tots sabeu que em dol, oi?

Silenci.

—Oi?

—Sí, amo —es va sentir un cor ofegat.

Llavors es va dirigir a mi.

—No volem líders —em va dir—. No necessitem líders. Aquí tenim una feina, menjar, un sostre. Què més podem desitjar?

Jo mirava el fuet, no els seus ulls. Tenia por, molta por, més por de la que mai podia haver sentit per alguna cosa. El meu pare m'havia venut en un tancar i obrir d'ulls, i va ser terrible. Les primeres nits amb en Zippo també ho van ser. Però ara mirava aquell fuet a les mans d'en Manu Sibango i coneixia el seu foc, el dolor que contenia, a l'aguait, disposat a saltar-me a sobre.

—Kalil Mtube, què has de dir?

Esperava, de manera que els meus ulls van passar del fuet a ell. La seva mirada era tan neutra com la de tots els dies anteriors i la de tots els dies següents. La mirada d'un home amb un fuet que crida en silenci que no el vol utilitzar, però que no té altre remei que fer-ho. També destil·lava dolor, amargor.

Incomprensió.

Em deia: «Fill, per què em fas això?»

Va interpretar la meva mirada d'una manera molt diferent.

—Esborra aquesta mirada d'odi —em va dir—. Sóc el teu amo, el teu amic, el teu pare. Et faré un home i un dia em recordaràs amb respecte. Un dia m'agrairàs això.

Va aixecar la mà, el fuet.

Hauria volgut afrontar-lo, cara a cara, però no vaig poder. Li vaig girar l'esquena en l'instant en què el fuet va esclafir en l'aire per primera vegada.

La meva esquena va quedar partida pel mig.

El meu cos, també.

Però tot el dolor va anar íntegre a la meva ment.

La segona fuetada em va fer doblegar els genolls. La tercera em va fer caure a terra.

Vaig esperar la quarta, però no va arribar.

De sobte, al cap d'una eternitat, esperant aquell nou càstig, vaig veure els peus d'en Manu Sibango al meu costat. Vaig aixecar el cap i el vaig observar des d'allà, com un gegant, destacat en la penombra de la nit, que ja s'estava apoderant del campament.

—Aquesta mirada, aquests ulls... —em va dir ara en veu baixa, dirigint-se només a mi—. Els conec. Ets rebel.

Vaig recolzar el cap a terra i vaig tancar les parpelles.

El peu d'en Manu Sibango em va obligar a obrir-les de nou.

—Ets un dels nostres?

No vaig entendre la pregunta. O potser sí. Començava a desmaiar-me.

—Digue'm, ets un dels nostres?

Em va clavar la part gruixuda del fuet a l'estómac i va prémer. Molt.

—Ho vull sentir.

Em vaig rendir.

Qui va dir que era un heroi?

Només volia sobreviure.

—Ho sóc.

Silenci.
Un llarg silenci mentre la pressió disminuïa.
—Bé —va sospirar en Manu Sibango.
I allò va ser tot.
Va fer mitja volta i em va deixar allà.

Mà

Crec que va transcórrer una hora, potser menys, potser més. Recordo vagament haver vist els estels del cel i parlar a la meva mare, tot i que no estic segur de res. Qui sap si va ser ella la que em va parlar a mi.

Sentia tant dolor que ja no sentia res.

Calor i fred.

Aquelles coses impossibles d'explicar.

En algun moment, algú em va deslligar i vaig ser portat al barracot.

No he sabut mai si van ser ells, els meus companys, o si ho va fer el mateix Manu Sibango, o si van ser les dones de la casa, sempre silencioses, sempre fugisseres i absents, com ombres a la nit. El cert és que, de sobte, era al meu racó, a la meva màrfega de palla, de bocaterrosa, i des d'aquesta posició podia veure la silueta d'en Ieobà Bayabei.

Estava despert.

—Què..., què t'han fet? —va quequejar.

Vaig veure la febre als seus ulls. Jo no era res més que un malson, una imatge irreal perduda als seus reflexos.

—Dorm —vaig xiuxiuejar.

—Però...

—Deixa'l tranquil! —va dir algú.

Era la veu d'en Sibrai Buekeke.

En Ieobà Bayabei va tornar al món dels seus somnis.

Jo vaig tractar de girar-me, però en Sibrai Buekeke no em va deixar. Em va subjectar les espatlles amb fermesa i va acostar els seus llavis a la meva orella.

—Quiet. Et curaré una mica tot això.

—M'ha travessat?

—Gairebé —va fer espetegar la llengua—. Una vegada, amb cinc fuetades, en va matar un.

—Ho vas veure?

—No.

Vaig haver de dominar un crit de dolor. En Sibrai Buekeke em netejava a consciència la ferida. La seva altra mà, en canvi, m'acaronava la pell, les espatlles, la cintura, la part superior de les natges.

No era cap consol.

Era tendresa.

No vaig voler pensar, ni preguntar. Amb prou feines em podia moure. Vaig recordar una narració del desert explicada per en Mayele Kunasse en què parlava d'un home que amb una mà matava i amb l'altra guaria. Una mà necessitava la contrària. No hi havia guariment sense dolor, ni podia haver-hi dolor sense guariment.

El vell més savi del meu poble deia que no tot el qui t'acarona ho fa pel teu bé, ni tot el qui et fa mal ho fa en el teu perjudici.

Eren uns pensaments massa profunds per al meu estat actual.

Així doncs, en algun moment del següent silenci, devia adormir-me.

L'endemà, a causa de la febre, no solament en Ieobà Bayabei va ser incapaç de posar-se dret per anar a treballar. El meu front també cremava, i el meu cos era torturat per l'engarrotament de tots els meus músculs. Tots dos ens vam quedar, doncs, a les nostres màrfegues, sense res per fer, mirant el dia a l'altra banda del barracot, sense ningú que s'ocupés de si teníem gana o set.

En Manu Sibango només va venir per dir-nos:

—He comprat dues dones?

Va escopir a terra, a l'entrada del barracot, i se'n va anar remugant alguna cosa sobre la debilitat humana.

La febre va pujar i baixar a rampells. Era un dia humit i de calor aclaparadora que feia cruixir la fusta. No sé qui estava pitjor, però vam fer torns per anar a buscar aigua a la bassa. Unes vegades era jo qui mullava el front i els llavis del meu amic, i d'altres, era ell. El seu braç semblava infectat. La meva esquena era un encreuament de carreteres obert al sol.

—Per culpa meva —va dir en Ieobà Bayabei.

—Tu no tens la culpa de res —li vaig advertir—. Ningú no té la culpa que et tallessis.

—A mi em descomptaran les benes i els dies que perdi de la meva feina.

—Ets un il·lús.

—Per què?

—Tan cec estàs? Que no has parlat amb els altres? En Manu Sibango no paga els seus treballadors. Cada any té una excusa: el preu del cacau, la mala collita, nosaltres... Mai no veurem diners. No se'ls paga, als esclaus. A qui ens queixarem? I d'aquesta manera, amb l'esperança d'allò que els deu, continuen aquí. Sense oblidar que molts ja no tenen enlloc on anar.

—No em puc creure que les coses siguin així de dolentes.

—Pregunta, Ieobà Bayabei. Pregunta. Quants en som, aquí? A quants ha donat la seva paga anual una sola vegada?

—Un m'ha dit que l'amo guarda els diners perquè, de tota manera, aquí no els podem gastar.

—Tu t'ho creus, això?

—I tu ho saps tot?

Volia creure. Volia confiar en alguna cosa. En Ieobà Bayabei era un veritable nen inconscient. Jo, al contrari, notava que creixia molt de pressa, que la meva ment s'eixamplava a cada moment, cada dia, amb cada nova experiència.

No em volia morir allà.

—Hem de marxar d'aquí —vaig dir al meu company de viatge.

—Jo no.

—Vine amb mi, sisplau.

—Vés-te'n tu.

En Ieobà Bayabei es va girar.

I jo em vaig quedar sol.

Relació

A la nit, quan van tornar els treballadors dels camps, en Sibrai Buekeke va ser el primer a entrar per la porta del barracot. Se'l veia agitat, per la qual cosa vaig deduir que havia fet el camí corrent malgrat el cansament. Córrer allà era una estupidesa. No ho feia ningú. Es va agenollar al meu costat sense fer cas d'en Ieobà Bayabei i em va posar una mà al front per comprovar la meva temperatura. Va somriure traient totes les dents.

—Estàs millor —va dir—. Demà podràs treballar.

—Em fa mal l'esquena.

—La feina t'anirà bé. I val més que no irritis més en Manu Sibango. T'he portat una cosa.

A la seva mà va aparèixer un fruit, una petita i sucosa bola de color taronja. Ell mateix la va obrir per posarme-la als llavis. Era deliciosa.

—Gràcies.

—Deixa'm veure't l'esquena.

Em vaig estirar de bocaterrosa. Havia estat així tot el dia, o de costat. Era incapaç de posar-me de panxa enlaire. Novament les mans d'en Sibrai Buekeke van recórrer els rius rogencs de les meves ferides per uns instants. Després va anar a buscar aigua i les va netejar. Jo no tenia benes. En Manu Sibango no havia considerat oportú donar-me'n. El meu company va estar uns quants minuts curant-me, fins que vaig sentir el mateix que la nit anterior.

Ja no eren unes mans que guarien, sinó unes mans que acaronaven.

Les meves espatlles, els meus costats, la part superior de les meves natges...

No vaig saber què fer. Em vaig quedar quiet. En Sibrai Buekeke era l'únic que m'atenia. Tanmateix, allò era diferent. Ho coneixia, no pas per experiència pròpia, sinó per dites i comentaris al meu poble. En Manpi Youssounabe, l'havien expulsat per una cosa semblant.

I llavors vaig notar aquell petó.

Els llavis d'en Sibrai Buekeke al final de la meva esquena, on neix el congost que divideix en dos la part inferior del cos.

Em vaig girar de sobte, tan espantat com furiós, i li vaig etzibar una plantofada.

Va caure de cul, agafat d'improvís.

Ens vam mirar.

—Què et passa? —va voler saber.

—No res.

—Aleshores deixa'm...

—No.

—Per què?

—No vull que em tornis a tocar.

Als seus ulls vaig veure tendresa.

—Necessites un amic —em va dir.

—No, no aquesta classe d'amic.

—Deixa'm estar amb tu.

—No!

—Et moriràs si estàs sol.

—Jo no em moriré —vaig prémer les dents.

Hi ha haver més tendresa als seus ulls. Però en va tenir prou de veure els meus per saber que parlava seriosament. En Sibrai Buekeke es va posar dret.

Es va girar i ja no se'm va acostar.

Cuc

Em van parlar del cuc de Guinea al cap d'uns dies de tot allò, mentre començava a ordir els plans per fugir del camp d'en Manu Sibango. En Ieobà Bayabei es trobava bé, tot i que la ferida del seu braç, mal tancada i mal curada, l'hi havia deformat una mica. Sortosament, la infecció no havia progressat, encara que això es podia considerar gairebé un miracle.

Estàvem dinant, al migdia, quan em vaig gratar entre les cames, al sexe. Dos dels companys que tenia més a prop se'n van adonar. L'un era de Libèria, l'altre, de Burkina Faso. Tots dos parlaven dioula. El primer va ser el que es va dirigir a mi.

—Et fa mal?

—Em pica.

—Quina mena de picor?

—Doncs... picor, em cou una mica.

Van intercanviar una mirada d'espant. Me'n vaig adonar.

—Pot ser que no sigui el cuc de Guinea —va dir el de Burkina Faso fent un gest ambigu.

—Què és el cuc de Guinea? —vaig preguntar.

—No ho saps?

—No.

—Ningú no te n'ha parlat encara?

—No —vaig repetir.

—És qüestió de sort —va reflexionar el de Libèria—. L'últim al qual va atacar va ser en Kosi Amaulu.

—I ara està bé —va assentir el de Burkina Faso.

—Sí, li va sortir sencer. Va tenir sort.

—Què és el cuc de Guinea? —vaig repetir, tan fart com alarmat.

—És a l'aigua —va començar a dir el de Burkina Faso—. De manera que pot ser que beguis tota la vida sense que et passi res o que demà entri dins teu.

—Creix al teu cos —el va rellevar el de Libèria—. Va d'una banda a l'altra i avança contínuament. —Va fer un gest ampli amb la mà.— Sempre entre la carn i la pell, i et mossega.

—Et mossega molt, sense parar, per dins —va continuar el de Burkina Faso—. I creix fins a convertir-se en una serp que mossega cada vegada més.

—Sis mesos —va assentir el de Libèria.

—Sis mesos —va repetir el seu amic—. I quan ja no cap al teu cos, perquè fa un metre, busca la manera de sortir. Llavors es mou una altra vegada.

—S'obre pas fins a ensopegar amb un forat. Avança fins que el troba o l'obre on pot.

No sabia si creure'ls o no. Vaig arribar a pensar que m'aixecaven la camisa, que era una confabulació per riure's de mi. Em resultava impossible imaginar-me una bestiola així, i menys que fes el que m'explicaven. Però les seves cares estaven massa serioses, i el to de la seva veu era massa amarg per suposar que fos una broma.

De manera que era veritat.

—Quan el cuc comença a sortir cal deixar-lo, no tocar-lo, no estirar-lo perquè vagi més de pressa.

—Si s'intenta arrencar i una part queda a dins, torna a niuar i a créixer, i el turment dura sis mesos més. Així doncs, cal quedar-se molt quiet, encara que el dolor sigui igual que una brasa devorant-te.

El de Libèria va moure el cap de dalt a baix.

El de Burkina Faso em va mirar als ulls.

En aquell moment, i segons les meves picors, jo estava segur de tenir no solament un, sinó un eixam de cucs de Guinea al meu cos.

Vaig deixar de beure aigua de la bassa del poblat els dies següents.

Fins que la set i la desesperació em van fer claudicar i me la vaig jugar, com tothom.

Crec que sabia que un dia veuria un cuc de Guinea.

Cacau

La vida als camps variava molt poc. Hi havia una collita a l'any, i es collia entre octubre i gener. L'èxit d'aquesta mateixa collita depenia d'una cosa tan natural com que plogués a temps o no. La nostra feina consistia a agafar les pinyes de cacau de l'arbre on creixien com si fossin unes berrugues, directament del tronc. Allà mateix, i amb el matxet, les obríem, deixant la pela i la melassa a la terra. Aquesta pela es pot menjar, perquè és dolça com la xirimoia. Però com que n'hi havia tanta, la deixàvem a terra perquè servís d'adob. Els grans de cacau es ficaven en sacs, una feina que generalment feien els més petits. I, finalment, els camions recollien els sacs del campament.

Al campament ficàvem els grans en cambres de fermentació durant tres dies. Després, els removíem i deixàvem passar el mateix espai de temps. Als assecadors hi passaven tres dies més, amb les seves respectives nits. Els assecadors tenien una cinta de transport que s'escalfava amb la crema de fusta procedent del bosc. Aquesta llenya s'apilava en un costat, a tocar de la porta del forn, perquè no en faltés mai. La calor allà era encara més intensa que al camp. Finalment, els grans es ventaven i s'ensacaven per al transport.

Una altra de les nostres tasques consistia a posar paranys per evitar que els esquirols es mengessin totes les pinyes de cacau. Tant els normals com els voladors podien arribar a ser una plaga voraç i devastadora, però no podíem fer servir verí. També ensulfatàvem els camps quatre vegades a l'any. La barreja de sulfat es feia en uns bidons que ens carregàvem a l'esquena en unes motxilles de coure.

Segons en Manu Sibango, poca cosa més s'havia de fer.

Així doncs, sempre, sempre, hi havia feina: esbrossant camps o senders, recollint i obrint pinyes, carregant, ensulfatant, posant paranys, assecant...

Però ni el perill de la manca de pluja, ni el dels esquirols, ni cap més, no era superior al que ens arribava, sempre, del més enllà, del món desconegut que era el que consumia el nostre cacau.

Si aquest món bevia o menjava menys xocolata, o si la pagava malament..., segons el nostre amo...

Preu

La notícia que el preu del cacau havia tornat a baixar va arribar al campament al cap d'un parell de setmanes. Primer va ser un rumor, i després una realitat confirmada pel mal humor d'en Manu Sibango, que va passar tres dies fent crits. Una mena de callada desesperació, seguida d'una capa de resignació i impotència, es va estendre entre nosaltres. En Ieobà Bayabei va evitar afrontar els meus ulls.

Ningú no es va queixar. Cap veu no es va aixecar per sobre de les altres per exigir justícia, per queixar-se, per dir que nosaltres no en teníem la culpa.

Enganyats, esclavitzats, perduts enmig de la selva sense que ningú sabés que existíem.

Què podíem fer?

Algú va dir haver vist plorar en Manu Sibango, però no el vam creure.

Plora el dimoni? Plora el qui no té cor?

L'amo ens va reunir a la nit següent per parlar-nos. Millor o pitjor, sabia les nostres llengües tot i que, si no era per parlar-nos d'un en un, es dirigia a tothom en francès. Es va enfilar en una cadira, al costat de l'estaca a la qual jo havia estat assotat, i amb veu tràgica va anunciar el que ja sabíem.

—El preu del cacau ha tornat a baixar! —va cridar.

Va esperar la nostra reacció, però ningú no va dir res. No ens vam moure.

—Aquest any no podreu cobrar els vostres sous, ni restituir-me el que em deveu aquells que deveu la comissió que vaig pagar per vosaltres als intermediaris! —va continuar vociferant—. Però la culpa no és vostra ni meva! Vosaltres heu treballat bé, i jo sóc un amo que us alimenta i us cuida! La culpa és dels nens alemanys, francesos, italians, espanyols, americans...! La culpa és d'aquells nens que beuen cada dia el vostre cacau i mengen la xocolata que se'n fa, però que no ens volen donar el que val!

—Quina classe de nens odiosos són aquells? —va escopir algú al meu costat.

—Jo els mataria amb el meu matxet —va respondre un altre.

—Prenen cacau per ser foscos, com nosaltres. Són nens malalts, blancs, sense vida —va assegurar encara un tercer.

—Hem de continuar treballant! —va dir en Manu Sibango—. Si ens rendim ara, ens morirem de gana, de manera que l'any que ve tindrem la millor collita, i segur que aleshores els preus hauran pujat! Hi esteu d'acord?

No hi va haver gaire entusiasme, però tampoc una absoluta desmoralització. Els veterans ja coneixien l'escena dels anys anteriors. Els nous pensaven que, de tota manera, continuarien allà aquell any, i un altre, i un altre. Molts teníem por de fugir, encara que ho desitgéssim. No obstant això, la majoria es resignava pel fet de no tenir on anar, perdudes les seves arrels, perduts els seus orígens, lluny de les seves cases i del que un dia van ser les seves famílies.

Jo continuava pensant en aquells nens de què havia parlat en Manu Sibango.

Sabia que l'amo era un lladre, però tot i això, alguna cosa dins meu va voler creure'l.

Necessitava creure'l.

I vaig odiar aquells nens.

Fugida

Em vaig escapar al cap de tres dies de l'anunci.

Aquella era una nit clara.

Es va acabar la jornada laboral, vam tornar al campament, vaig sopar i me'n vaig anar al llit. Quan els altres ja dormien, tan esgotats com cada nit, em vaig aixecar i vaig sortir. Durant tot el dia havia estat reservant forces. Tot i això, el cansament s'enganxava als nostres músculs igual que la suor a la pell. Tant era que fóssim nois molt joves. Les condicions de les plantacions de cacau són infrahumanes. La meva única resistència en aquell moment era la de saber que necessitaria tota la meva energia i la meva capacitat per fugir.

Recordava el viatge d'anada. La carretera, la posició del sol, el temps que vam trigar a arribar al campament d'en Manu Sibango. Eren molts quilòmetres de selva, però estava decidit a arriscar-me. No hi tenia res a perdre. Si em quedava allà l'amo em mataria, o el cuc de Guinea —que començava a somiar cada nit—, o una serp o qualsevol altra fatalitat. Si aconseguia arribar a un poble o una ciutat, o simplement a una carretera, tindria una oportunitat. Tant me feia no tenir documentació o no entendre una determinada llengua. Tant me feia tot el que no fos escapar-me d'aquell infern.

Només hi havia dues maneres de sortir d'allà: amb els peus per davant o caminant. I no pensava morir-me. Quedava l'altra opció.

La sortida més raonable era seguir la senda per la qual arribaven els vehicles al camp i per la qual s'emportaven el cacau. Però serpentejava a través de la massa boscosa fent moltes voltes, i estava enfangada, de manera que les meves petjades quedarien impreses allà mostrant el meu pas indeleble.

Em vaig endinsar a la selva i em vaig guiar pels estels. El meu únic dubte va consistir a determinar si valia més córrer amb els peus descalços tan de pressa com pogués, o fer-ho amb les sabates per evitar una picada verinosa. Vaig optar pel primer, assumint el risc. Les serps no hi senten, són sordes, és inútil cridar o fer soroll; però en trepitjar fort el terreny vibra i això sí que les espanta. Llevat que tingués la mala sort de trepitjar-ne una, no m'atacarien. L'important era arribar com més lluny millor, perquè la motocicleta d'en Manu Sibango no m'atrapés. Va ser així com vaig arrencar a córrer.

Disposava d'unes quantes hores, fins a l'alba.

Llavors sonaria l'alarma.

Vaig passar molta por aquella nit. Vaig caure una dotzena de vegades, em vaig fer mal, i em vaig espantar moltes vegades més pels crits dels animals i els silencis inesperats. A la meva aldea no hi havia aquella bigarrada densitat arbòria. La meva aldea era un desert. El meu món no era el de la selva, de manera que tot em produïa inquietud i por. Encara avui em pregunto què em va impulsar a fugir del campament i els camps de cacau. Encara avui m'admira la meva capacitat de sofriment, però més el meu coratge. Crec que va ser la desesperació. Sé que la por és un èmbol encara més gran que la valentia. La por t'obliga a actuar a la desesperada.

Tot i que, de fet, por i valor siguin la mateixa cosa. Les dues cares d'una mateixa moneda.

A l'alba vaig beure d'una bassa, vaig oblidar la fam, em vaig sentir lliure.

Era lluny.

Havia recorregut una gran distància.

Sí, segur.

Em vaig asseure en una clariana per descansar, per reposar només un moment. I se'm van tancar els ulls.

No ho vaig poder evitar. Se'm van tancar. Ni me'n vaig adonar.

Llavors vaig somiar la Kebila Yasee, la meva mare, en llibertat.

No l'havia somiat cap vegada des del dia que em van vendre.

Va ser dolç.

Un bonic somni en el qual ella, viva, em parlava dels dies en què vam ser més grans, i més poderosos, i la terra donava riqueses, i els homes construïen el futur amb les seves mans i la seva esperança.

Em va despertar el rugit de la motocicleta d'en Manu Sibango.

Vaig obrir els ulls de cop, vaig mirar al cel, a l'arc descrit pel sol en les hores que havia dormit, i vaig sentir el xiulet, igual que un llamp agut en l'espessor.

Ja no vaig córrer.

No va caldre.

Enterrat

El pou en el qual em va enterrar en Manu Sibango, fins al coll, ja estava obert quan vaig arribar.

El van cobrir amb sorra i em van deixar allà.

Jo tenia por del fuet. Sabia que no serien tres fuetades, sinó cinc o deu. Llavors vaig saber que eren molt més piadoses tres, cinc o deu fuetades. També vaig aprendre que el dolor físic sempre és més suportable que el dolor mental.

Arran de terra, immòbil, el món es veu d'una manera molt diferent.

En Manu Sibango no em va pegar ni em va escridassar. Només em va mirar als ulls. La seva mirada em va tallar pel mig. Encara avui somio aquella mirada, la del dia de la meva captura. La mirada d'en Manu Sibango era sempre cansada, però va ser terrible en aquell instant. Em va empetitir. En el fons l'amo era tan miserable com nosaltres, esclau de si mateix. Però tenia el poder sobre la nostra vida.

Sí, arran de terra el món es veu molt estrany.

Els gossos s'acostaven curiosos i em llepaven. Les mosques brunzien a la meva cara impunement. Les formigues es passejaven per la meva pell fent-me mil pessigolles, penetrant a les meves fosses nasals, a les meves orelles, mossegant-me amb un acarnissament ferotge. I pitjor eren les que ho feien per sota terra. Al caire de la bogeria, ja que creia que m'estaven devorant les bestioles i que el meu cos desapareixia a poc a poc, perquè aviat vaig deixar de sentir-lo, el meu únic punt de suport va ser pensar justament en allò que no era real. Vaig escoltar la veu d'en Mayele Kunasse i vaig veure la meva mare, sempre ella. Al migdia, el sol va ser un infern. A mitja tarda, la pluja gairebé em va ofegar. A la nit, vaig voler morir-me com més aviat millor.

Tot i que sabia que no passaria.

N'era conscient.

En Manu Sibango ens va dir, en arribar a la plantació, que enterrava dos dies els qui pretenien fugir i eren capturats per ell. Dos dies la primera vegada i tres, la segona, encara que tres eren suficients per morir-se. Ningú no ho havia intentat una segona vegada.

Dos dies.

I, en efecte, al capdavall, no va voler arriscar-se a perdre'm. Havia pagat trenta-cinc dòlars per mi, i amb prou feines havia passat allà el temps suficient per haver-los amortitzat amb el meu treball.

L'endemà al vespre, és a dir, al cap d'un dia i mig d'haver-me enterrat, va fer que em traguessin del forat.

Amb prou feines en vaig ser conscient.

EL TEMPS

Naya

Vaig fer tretze anys.

Va passar un any i en vaig fer catorze.

I va continuar passant el temps.

Jo ja era un home de cos flexible, músculs oberts, ment desperta. Un home que transitava per l'oblit, però que esperava. El nen havia mort. Es va quedar al forat al qual em van enterrar. L'home creixia, però ja tenia consciència que era el que era.

Em sentia així.

Ningú no va cobrar el seu salari, i si algú ho va fer no ho va dir als altres. Sempre era el mateix: el preu del cacau baixava, baixava, baixava. Ens deien que Occident explotava l'Àfrica. Els nens blancs, que pel que semblava no estaven malalts, sinó que aquest era el color de la seva pell, bevien cacau amb la suor de la nostra sang i menjaven xocolata feta amb la nostra vida. Un cacau amarg. Això era almenys el que ens deia i repetia insistentment en Manu Sibango.

Van arribar nous treballadors, uns quants de Mali, i un de la terra més pròxima a la d'en Ieobà Bayabei i a la meva. No va poder explicar-nos res. Era un simple nen com ho havíem estat nosaltres. Perquè ara ja érem homes. El pitjor de ser de Mali era que si mai algú robava res, se'ns acusava directament a nosaltres i se'ns interrogava de manera més dura.

En Ieobà Bayabei estava amb en Sibrai Buekeke.

Sempre junts.

Compartien la seva existència i s'estimaven.

Allà ningú no feia la guitza a ningú. La vida ens esclatava al cos, però no teníem ningú per estimar. Les úniques dones ens eren alienes, vivien als barracots més grans, i estaven amb els encarregats.

Ells sí que eren durs, més que en Manu Sibango.

Al començament, quan jo vaig arribar, n'hi havia dos. En aquell moment ja n'eren cinc. L'amo temia el nostre enuig, una rebel·lió que no va arribar mai.

En Manu Sibango va plorar l'última vegada que ens va anunciar que el cacau tornava a baixar i no cobraríem tampoc els nostres sous.

—Sou els meus fills! Us donaria la meva sang! Però no us puc donar uns diners que no tinc! El que em paguen pel cacau és el que gasto en el vostre menjar i a mantenir actius els meus camps! Hem de continuar treballant!

Va ser estrany: em vaig adonar que m'apreciava.

A mi, a qui havia hagut de castigar dues vegades, una amb el fuet i una altra amb l'enterrament. De vegades em parlava, em deia que era un dels seus millors treballadors, que un dia seria encarregat i tindria privilegis. Però, malgrat tot, no em va passar mai una mà pel cap. No em va somriure mai. No em va demostrar mai res que no fos aquella lleu esperança.

Potser apreciava la meva naturalesa, el meu instint.

No ho vaig saber mai.

Jo em sentia sol. Molt sol. Parlava poc amb en Ieobà Bayabei. I encara menys amb en Sibrai Buekeke. Cadascú lluitava per subsistir, i això implicava l'egoisme de girar l'esquena als altres en determinades circumstàncies. El menjar era escàs; el descans, curt; les condicions, infrahumanes. Vaig veure patir a un del Togo les conseqüències del cuc de Guinea. Va ser terrible. Les últimes setmanes va quedar paralitzat mentre aquell monstre buscava la sortida mossegant-lo per dins. Fins i tot hi va haver apostes. El sexe, l'anus... El cuc va escollir el sexe. Un metre sense poder tocar-lo, confiant que aconseguís sortir del tot. Entre deu el vam subjectar per mantenir-lo quiet, fins que es va desmaiar. El cuc va acabar de sortir, i llavors el vam matar, tots, amb acarnissament, però sense tocar-lo. I el noi del Togo es va salvar. Al cap d'una setmana va tornar a treballar als camps, i a beure aigua de la bassa.

M'havia tornat taciturn. Quasi al caire de la derrota.

Va ser en aquells dies quan va aparèixer la Naya.

Dona

La Naya era més gran que jo, però no gaire. La seva pell era negra i lluent; els seus cabells, enrinxolats i compactes; els seus ulls, vius; els seus llavis, enormes i alegres, i les seves dents, blanques i molt grans. Anava sempre descalça i deixava sempre a terra una marca molt bonica, amb els dits oberts igual que una mà estesa. Duia un vestit de color blau amb puntes blanques. Sempre el mateix. No en tenia cap més. Quan el rentava a la nit el penjava als estenedors i jo el veia onejar com una bandera. Llavors sabia que ella estava nua i això em produïa una dolça tortura, canvis al cos, ardors sense febres. Jo havia vist despullades les meves germanes petites, sense que em succeís res de tot allò. Però amb la Naya va ser diferent. Des del primer dia que la vaig veure vaig saber que res no seria igual. Va ser una aparició, una imatge vinguda del cel de l'amor.

La Naya servia a la cuina. Una de les dones s'havia mort i una altra havia marxat. No vaig saber d'on venia. No vaig saber amb prou feines res d'ella, perquè no parlava dioula ni francès. Durant dies, després de veure-la per primera vegada, vaig quedar tan commocionat que no vaig saber què fer. Després, vaig rondar una vegada i una altra per les cuines, les cases d'en Manu Sibango i la dels encarregats, que no eren sinó cabanes i barracots com els nostres. Tot el meu món va canviar des d'aquell instant. Volia contemplar-la, em llevava el primer per veure si treia el cap per una finestra o anava a buscar aigua a la bassa. Treballava amb la ment posada en la seva imatge, la qual cosa em va costar un petit tall, un matí, que va estar a punt de ser molt més greu i fer-me perdre un dit. I al vespre, corria per arribar el primer i demanava als meus déus bons i protectors la joia de veure-la passar, o encara més: tenir-la a prop.

Un dia hi vaig estar tan, tan pròxim, que si hagués estirat una mà hauria pogut tocar-la.

Feia una olor molt especial, que no havia sentit mai a ningú: una olor de menjar i de dona. La meva primera dona.

Aquell dia em va mirar. Ja m'havia vist. Ja m'havia somrigut una vegada. Ja m'havia reconegut. Però aquell dia em va mirar, cara a cara. No sé com devia ser la meva, però el cert és que es va posar a riure i vaig quedar desconcertat. Després va abaixar el cap, avergonyida, i va fer el gest d'anar-se'n corrent.

—Kalil Mtube —li vaig dir, tocant-me el pit.

—Naya —va respondre ella, tocant-se el seu.

—*Anikye*[6].

Va corrugar les celles en no entendre'm, però ja no hi va haver res més.

La vaig veure allunyar-se corrent i vaig quedar encara més commocionat. La seva veu era dolça. El seu pit era bonic. Les seves mans, les vaig imaginar al meu cos.

Aquella nit el vestit de la Naya penjava molt quiet a l'estenedor. No es movia res, tot estava en repòs. La vida estava aturada en un moment de calma i això significava que la tempesta seria copiosa. Vaig sortir del meu barracot, vaig travessar el campament i em vaig acostar al vestit. El seu blau, una vegada net encara que només fos amb aigua, era com el del cel a la tarda. Em vaig aturar davant la seva geografia i la vaig recórrer de nord a sud i d'est a oest. La part de dalt, que empresonava el pit de la noia. La central superior, que emmarcava la seva cintura. La central inferior, que acaronava el seu sexe. La inferior, per la qual sortien les seves cames dures i fortes. Un món. Un univers.

---

[6] Gràcies.

Vaig estirar la mà, el vaig tocar, em vaig impregnar d'aquell contacte.

I després hi vaig enfonsar el nas.

Devia passar, allà, uns minuts que van ser els més dolços de tota la meva estada al campament fins aquell instant. Em vaig apartar de cop en sentir un soroll, per por que fos ella i em sorprengués. Va ser una falsa alarma, però ja m'havia allunyat uns metres i no vaig tornar a intentar-ho. Tornava al meu barracot quan vaig sentir una veu.

—És de l'encarregat Abdji Zedoua.

Primer em vaig espantar, perquè anava absort en els meus pensaments i ple de la Naya. Després vaig reconèixer un dels companys de Mali. El vaig veure assegut a terra, ocult per les ombres. I vaig saber que m'havia estat observant.

De manera que em vaig sentit traït.

Però més em va doldre el seu comentari.

—Ella no és de ningú —la vaig defensar.

—Ets un babau. —El noi va arronsar les espatlles.— Quasi cada nit gemega i crida amb ell. Jo els sento des de la meva cabana.

—Menteixes.

—No, no menteixo.

Vaig continuar caminant en direcció al meu barracot, sense mirar endarrere, sense voler discutir amb el meu espia. De vegades, als camps, els nois parlaven dels crits i els gemecs. Als barracots només se sentien respiracions profundes i roncs. Tots afirmaven que els crits i gemecs eren de les dones.

Aquella nit vaig plorar.

Però la Naya va continuar sent la meva nova vida i la meva obsessió.

Després d'aquell intercanvi de noms, la Naya també em mirava cada vegada que em veia.

No feia gaire cosa, llevat de riure, tapar-se la boca, abaixar els ulls, tornar a mirar i tornar a riure. Això era tot. Però per a mi era com si parléssim durant hores a la posta de sol, quan tornava esgotat després del dia de treball al camp. Vaig aprendre que els ulls diuen més que les paraules, i que els cossos són el llenguatge harmoniós dels sentits. Ara entenc que la meva cara devia semblar la d'un llangardaix estès al sol, bocabadat sempre en presència seva. No obstant això, m'agradava veure-la riure. Per a mi resultava una benedicció. Era l'única persona que reia allà. I això valia per a tot.

Un dia, la vaig sorprendre mirant en la meva direcció abans que jo m'adonés de la seva presència. Un altre dia, la vaig observar acostant-se al meu barracot per aguaitar a dins. Un tercer dia, al matí, vam topar nas a nas inesperadament, i amb la seva veu cantaire em va saludar.

—Kalil Mtube —i va afegir—: *Ani sokoma*[7].

En dioula.

—*I kakené wa?*[8] —li vaig contestar jo.

No em va entendre, va obrir uns ulls com unes taronges i es va allunyar fent el que feia sempre: riure.

A les nits, a pesar del meu cansament, pensava en ella, tant si el seu vestit blau amb puntes blanques estava estès a l'estenedor com si no. Els meus desitjos de veu-

---

[7] Bon dia —abans de les dotze del migdia. Després d'aquesta hora es diu *Ani wula*.

[8] Com va?

re-la més, i estar amb ella, es van veure augmentats els dies que van seguir l'últim dels nostres encontres. La Naya es va apropar quan jo era a la bassa, nu de cintura en amunt. Els seus dits van fregar les marques de les fuetades d'en Manu Sibango. Em vaig girar de sobte i es va quedar quieta, amb la mà estesa i el rostre entristit. Em va dir alguna cosa que no vaig entendre i, llavors, vaig somriure.

M'havia tocat.

Una nit no podia dormir i em vaig llevar. Vaig travessar el campament fins a la seva cabana, i movent-me silenciosament vaig treure el cap pel buit obert a la palla que servia de finestra. Hi vaig comptar cinc dones, totes grans, menys ella. Era al seu llit. La vaig reconèixer per la mida i perquè era la més bonica. Però també perquè, afortunat de mi, era la que es trobava més a prop del lloc que jo ocupava. Per si hi entrava alguna serp, les altres preferien no ser a prop de la porta o la finestra. Em va semblar la visió més celestial que els meus ulls haguessin percebut mai. El seu pit pujava i baixava al compàs de la seva respiració. El seu rostre, girat cap a l'exterior, destil·lava pau i assossec. Tenia els llavis entreoberts, la mà dreta recolzada amb dolcesa sobre el seu maluc i l'esquerra caiguda indolent amb el palmell mig obert cap a mi. Semblava demanar-se alguna cosa. Vaig estirar la meva mà i li vaig fregar els dits. Ella es va estremir, va rebufar i la va apartar sense deixar de dormir.

Devia estar-me allà una hora o més, immòbil, fins que va canviar de posició.

No va ser l'última vegada que vaig fer això.

Hi vaig tornar moltes nits, moltíssimes. La Naya no

sempre era al seu llit, de manera que vaig saber que el que havia dit el meu company de Mali era veritat. Quan això passava, tornava trist i molt afligit a la meva màrfega. Quan ella dormia al seu llit, m'alegrava i volia cantar. Anava amb el cor bategant-me al pit a la recerca de la seva imatge i la seva pau. A l'últim, aquelles hores es van convertir en el millor de la meva buida existència.

Jo odiava l'encarregat Abdji Zedoua.

La tercera nit consecutiva que no vaig veure la Naya al seu llit, vaig fer alguna cosa més que tornar a la meva trista màrfega. Em vaig arriscar una mica i vaig anar al barracot dels homes. Ells tenien habitacions individuals, separades entre si per mampares de fusta i canya. No em va costar trobar la de l'Abdji Zedoua. El barracot del meu company de Mali, en efecte, quedava al davant.

Allà vaig descobrir el sexe, perquè les dones gemegaven i cridaven.

Allà vaig acabar de ser home, perquè el meu amor per la Naya es va convertir en deliri, mentre que el meu odi envers l'encarregat em va endurir fins a fer que el meu cor fos una pedra.

Vaig veure l'Abdji Zedoua despullat a sobre d'ella, i ella despullada a sota d'ell. I no era veritat que gemegués i cridés. Qui ho feia era l'home. La Naya estava molt quieta, el seu rostre era inexpressiu, i tenia el cap girat cap a la finestra.

Cap a mi.

Els nostres ulls es van trobar aquella nit. Tan quiets com ho estava ella, en el silenci de les nostres ànimes per sobre de l'agitació de l'Abdji Zedoua.

Jo vaig arrencar a córrer.

Però la meva ment va deixar de fer-ho.

Els dies que van seguir aquella escena van ser confusos.

Sentia al meu cos forces poderoses que alteraven i donaven una i mil formes a la meva ràbia, la meva fúria, la meva desesperació. Els sentiments que es desfermaven dins meu eren com monstres amb dos caps. Tenia el matxet a la mà, i em venien desitjos incontrolats d'usar-lo contra l'Abdji Zedoua quan passava a prop d'on jo treballava. Desitjava usar-lo contra el món sencer. Vaig arribar a barallar-me amb un company, la qual cosa no havia fet mai abans, tot i que en Manu Sibango no ens va castigar. Gairebé va ser una distracció que va trencar la monotonia d'aquells dies en què l'absència de pluges ens estava deixant secs.

Jo no coneixia encara l'amor, però sé que aquell va ser el senyal, l'arpada que ens desperta en la vida. I l'amor desconcerta. La primera vegada és tan nou i tan furiós que et gira el cervell a l'inrevés, la pell igual que la d'una serp, el cor a l'estómac. No és fàcil d'acceptar.

I la Naya no solament era dos o tres anys més gran que jo, sinó que a més no parlàvem la mateixa llengua, i era d'un altre.

Tots érem d'algú, allà.

Em van tornar els desitjos de fugir.

La confusió d'aquells dies es va acabar d'una manera impensable; una cosa que no vaig entendre fins molt després, quan la natura va seguir el seu curs.

Alguns sabien que jo mirava la Naya. D'altres es burlaven de la meva cara de ruc quan la veia. Uns altres murmuraven i feien bromes. No era un tema desconegut. Així doncs, van ser aquests mateixos els qui em van explicar aquella nit l'insòlit del fet.

—L'Abdji Zedoua ha donat una pallissa a la Naya.

—Sí, i després l'ha arrossegat, estirant-la pels cabells, fins a deixar-la on es llencen les escombraries.

—Ningú no en sap el motiu.

—Però ha estat així.

—Ara ja no gemegaran ni cridaran junts.

Per allò de la pallissa, vaig tenir novament desitjos d'agafar el matxet, afrontar l'encarregat i matar-lo. Tot i que, si ho hagués aconseguit, o no, jo hauria mort més tard enterrat durant tres dies o pels assots del fuet. Però, malgrat la meva impotència, el més important era que ja no gemegarien ni cridarien junts. Bé, ell, perquè jo sabia que ella no ho feia.

Per què li va pegar i la va llançar a les escombraries?

No ho sabia ningú. L'Abdji Zedoua no era gaire loquaç. I la Naya no parlava. Una baralla? No tenia sentit. Però la pallissa havia estat real. Les marques a la cara de la Naya van trigar a desaparèixer.

La vaig veure al cap de tres dies de tot allò, i per primera vegada va defugir la meva mirada ocultant-me el rostre. Vaig creure que era per mi, perquè de sobte ens odiava a tots, però era pel seu ull inflat i el seu llavi trencat. Tres dies després va tornar a somriure'm amb els dos ulls, encara que continuava masegada i lluny de la seva bellesa natural.

En Sibrai Buekeke em va parlar d'una vella recepta per a l'amor que li havia explicat una vegada el morabit[9] del seu poble.

---

[9] Personatge que s'encarrega de custodiar l'ànima a l'Àfrica. Fa un paper social i religiós molt important. N'hi ha d'animistes —culte a l'ànima—, religiosos —quasi sempre musulmans— i «de corda» —xarlatans que actuen per diners. Són bruixots, mèdiums, fetillers, endevinaires...

—Has de ficar en aigua no salada ossos de granota, espines de peix de riu, gingebre mòlt, restes d'ungles i cola verda. Ho cous durant tres hores, ho escorres i ho deixes reposar. Després, hi afegeixes cireres d'arboç vermelles, pebre blanc, i al llarg d'una setmana ho deixes macerar. Finalment, ho barreges amb un got d'aigua de melissa, ho remenes i t'ho beus en una tassa abans de menjar. Si a més hi afegeixes pèls d'elefant o banya de rinoceront, millor.

—No tinc res de tot això —vaig lamentar—, i dubto que ningú ho pugui aconseguir ni tan sols sent lliure. Quina poció la teva!

—Però la seduiries —va arronsar les espatlles.

Aquella nit vaig tornar a la cabana de la Naya.

I vaig tornar a quedar extasiat mentre la contemplava.

I les següents.

De vegades, deixava la meva mà tan a prop de la seva pell que era com si l'acaronés. Els seus peus, les seves mans, les seves cuixes, el pit, el rostre... De vegades, el meu dit flotava davant el seu nas i la seva boca, i el seu alè em copejava una vegada i una altra, envoltant-me amb la seva carícia. De vegades, xiuxiuejava el seu nom a la penombra i ella s'agitava en somnis, amb dolcesa, sospirant amb la seva innocència.

Vaig trobar una bonica pedra negra[10] i la vaig deixar al costat del seu rostre.

L'endemà la Naya va venir cap a mi, em va posar una mà al braç i, somrient-me, va dir:

—*Anikye.*

Sabia que era el meu regal.

---

[10] A l'Àfrica negra molts creuen en les virtuts de la «pedra negra» contra les picades de serps.

Creia que no tornaria a veure mai més en Zippo, també anomenat Duadi Dialabou, també conegut com Uele Dourou. Però aquell dia que em va deixar al campament d'en Manu Sibango, com vaig dir en el seu moment, va ser el penúltim.

L'últim, aquell matí.

El vaig reconèixer immediatament. El tot terreny. I després, ell. Sortia de negociar amb en Manu Sibango. Tres nois joves s'esperaven al costat de la bassa, espantats, com jo mateix ho havia estat a la meva arribada. No era normal que fos al campament durant el dia, sinó al camp treballant, però l'encarregat m'hi va enviar amb un missatge per a en Manu; per això era allà.

No sé què em va passar.

Vaig perdre el cap, em vaig tornar boig...

En Zippo continuava sent, als meus ulls, el causant de les meves desgràcies.

Volia deixar de culpar-ne el meu pare.

Recordo vagament la meva ceguesa, el núvol vermell estès davant els meus ulls, el poder elèctric d'aquella massa blanca albergada al meu cervell, la mà subjectant el matxet, la cursa desesperada, el salt, la caiguda...

Recordo vagament tot això.

Però tinc gravada a la meva ment la cara de por d'en Zippo quan va sentir la fulla del meu matxet al seu coll i em va mirar espantat.

—Què saps del meu pare i els meus germans?

Va tractar de reconèixer-me. Estàvem molt a prop, ell tombat a terra i jo damunt seu, de manera que va mirar de tort per veure'm millor. Jo havia canviat molt.

—Qui... diantre ets? —va balbucejar.

—En Kalil Mtube. Contesta.

—En Kalil...?

Al nostre voltant s'havia format un remolí de gent. Ningú no feia res. La fulla del meu maxet estava massa enfonsada a la carn d'en Zippo. Massa. La pressió següent li faria un tall.

—Kalil Mtube, no! —em va cridar en Manu Sibango.

No li vaig fer cas.

—Què saps del meu pare i els meus germans?

—Ni tan sols sé...

—Mubalébala, al sud de Bankass. Ja fa més de dos anys.

—No en sé res... Maleït sigui, no en sé res! Voleu treure-me'l de sobre?

Es va debatre inútilment. Jo no menjava prou, i treballava de sol a sol, però era fort. Estava endurit.

—Contesta i et deixaré.

—Kalil Mtube? —va repetir—. Mubalébala?

—Ens vas portar a mi i a en Ieobà Bayabei. Vas vendre una nena. Vas abandonar dos nens.

—Si el mates, serà pitjor —va dir en Manu Sibango—. Moriràs tu.

No el vaig escoltar. Si no hagués estat per la Naya, hauria cregut que ja era mort.

—El meu pare es diu Abu Sintra.

Els ulls d'en Zippo es van empetitir.

Vaig saber que recordava.

—No sé...

Vaig prémer el matxet al límit.

—Va morir —ho va dir envoltat en un sospir mentre tancava els ulls—. Fa uns mesos.

No vaig sentir res.

—Com?

—No ho sé.

—I els meus germans i germanes?

—No sé...

Per segona i última vegada vaig prémer el matxet. La sang va brollar del petit tall. Una gota va relliscar fent-li pessigolles al coll.

—No ho sé! —va cridar—. No me'n va vendre cap més! Ho juro!

Vaig saber que deia la veritat.

Però vaig deixar que la por navegués una mica més pel seu cervell, i arribés a cada múscul, i l'engarrotés, i li fes comprendre tantes i tantes coses. Vaig continuar pressionant amb el meu matxet i mirant-lo amb els meus ulls. Uns segons. Uns llargs segons. Una eternitat per al qui creu que morirà.

Ja no parlava ningú al nostre voltant.

Llavors em vaig aixecar, a poc a poc, vaig escopir a terra, al peu de les seves botes i, girant-me, em vaig allunyar d'ell.

No em va aturar ningú.

En Manu Sibango no em va castigar per això. Allò era cosa nostra. D'en Zippo i meva.

Calor

Quan hi havia lluna plena, el cos fosc de la Naya brillava encara més. Una brasa negra encesa. Les altres dones jeien com monstres deformes, roncant i poblant l'aire de l'habitació amb aquells sospirs que s'assemblaven més als sons de la selva que als d'una cambra bigarrada d'éssers humans; però ella, en canvi, feia que el seu alè flotés igual que un cel sense núvols. Contemplar-la, llavors, era encara més bonic.

Em recordava la manera de dormir de la meva mare, la pau que emanava del seu cos quan m'hi abraçava, tot i que amb l'arribada dels meus nous germans i germanes aviat fos un cos compartit per molts. La Kebila Yasee era el bol de l'amor quiet. La Naya, el calze de l'amor inquiet.

Va ser una nit de lluna plena.

La contemplava, com altres vegades, feliç perquè ja havia passat molt temps, més d'un mes, des que l'Abdji Zedoua li havia donat la pallissa; i una vegada més vaig jugar a somiar, i a sospirar, i a creure.

Recorria la seva bonica silueta, però aquesta vegada la meva mà no es va aturar a escassos mil·límetres del seu nas i dels seus llavis. La meva mà va arribar fins aquells llavis. Els va fregar. Va ser una carícia. La meva carícia. Va ser un petó. El meu petó. La vaig apartar immediatament, però no abans que la Naya obrís els ulls, de sobte.

Jo era gairebé a dins, sobre la finestra oberta a la paret de fusta i fulles seques. No vaig poder retirar-me a temps. No vaig poder fer res més que afrontar aquells ulls, avergonyit i demanant a tots els meus déus que en aquell instant caigués un llamp i em desintegrés. Va ser un llarg moment d'ingravidesa.

Fins que als llavis de la Naya es va cisellar un somriure de pau.

Ens vam quedar mirant així, un segon rere l'altre. El somriure es va fer més dolç. Després va estirar la seva pròpia mà i va agafar la meva. La va estirar. Cap a dins.

I jo vaig entrar.

Em va fer un forat a la seva màrfega, tirant-se endarrere.

I jo em vaig estirar al seu costat.

No l'havia tingut mai tan a prop. No l'havia mirat mai estant tan pròxims. El meu cos no havia fregat mai el seu com ens fregàvem en aquell moment. No sabia què fer. La sang s'acumulava a les meves temples. El meu cor era un batre de potes d'elefant en plena cursa.

La Naya va tornar a agafar-me la mà. La va portar cap al seu ventre, la hi va posar i va dir una sola paraula:

—*Baid.*

Va tancar els ulls, va sospirar, i va tornar a quedar-se adormida.

Jo no ho vaig poder fer en tota aquella curta i intensa nit.

Nen

Vaig tornar al meu barracot abans que es fes de dia per no ser sorprès per les dones. Al capdavall, eren un misteri per a mi, i més les seves possibles reaccions. Em sentia al cel, flotava feliç, tot i que va ser la primera de moltes nits consecutives en blanc, i la feina era massa esgotadora per resistir sense descans.

Aquell dia, al camp, vaig preguntar als altres.

—Sabeu què vol dir *baid?*

Ningú no ho va saber. Ningú no va poder dir-m'ho. Era una paraula estranya per a tothom.

I no en volia revelar l'origen.

A la nit, vaig tornar a preguntar a uns altres.

La resposta va ser la mateixa.

Vaig tornar al llit de la Naya dues vegades més abans de saber la veritat. En totes dues, no vaig fer res més que jeure al seu costat. Només això. La primera va ser com l'anterior. Un frec, despertar, un somriure i la invitació. La segona, ella m'esperava desperta.

Vaig tocar el seu ventre, vaig dir:

—*Baid.*

I ella va assentir i va somriure.

Baid.

Però continuava sense saber de què parlava.

Al matí, quan me'n vaig anar al meu barracot, va fer que els seus llavis freguessin els meus.

Em vaig moure pels camps. Ja tenia la primera son emmagatzemada a les meves parpelles, de manera que em va anar bé no parar quiet. Dinava en cinc minuts i aprofitava la resta del temps per descansar una mica. En Ieobà Bayabei i en Sibrai Buekeke se'm van acostar creient que em trobava malament. No els vaig dir res de la Naya. Vaig continuar movent-me pels camps, preguntant a tothom si coneixien aquella paraula.

Finalment, un noi del sud de Níger em va dir que era fulfulde, una de les llengües del seu país.

—Vol dir «nen».

—Nen? —vaig quedar perplex.

—Sí, nen —va insistir ell.

—Si una dona es toca el ventre i diu *baid*...

—Vol dir que està embarassada, que espera un nen.

De la perplexitat vaig passar al desconcert, tot i que llavors milers de llumetes van guspirejar a la meva ment donant-me, de mica en mica, diferents respostes a tot allò. La meva innocència va lluitar durant uns minuts més amb la realitat, la qual es va imposar finalment.

Devia ser l'última gran lliçó de l'adolescència.

El meu pas definitiu al món adult, malgrat no tenir encara quinze anys.

La pallissa de l'Abdji Zedoua, el seu repudi en saber que la Naya estava embarassada, els crits i els gemecs de les nits... La meva mare havia tingut el ventre inflat tantes vegades abans de donar a llum un nou fill, que els últims caps per lligar van acabar trenant-se per si mateixos.

Baid.

Vaig preguntar on era Níger, i em van dir que al nord, a l'est de Mali.

La Naya m'admetia al seu llit, però esperava el fill d'un altre. Potser descobriria que també m'estimava, però havia d'esperar. La vida continuava posant-nos paranys. La Naya era tabú. Prohibida. Així doncs...

No m'ho vaig prendre com una burla del destí. Crec que la vaig estimar més des d'aquell instant. Tenia una vida dins seu. I poc importava el passat. Era tan esclava com jo. Si mai vaig tenir esperances, va ser llavors. Esperances i desitjos de lluitar.

Esperances durant aquells mesos al camp.

Els darrers.

Esperes

El cuc de Guinea va entrar, va niuar i va créixer dins d'en Ieobà Bayabei abans que el ventre de la Naya s'hagués desenvolupat.

Tots vam saber que era ell quan el vam veure gratar-se un dia, i un altre, i un altre. Tots ho vam entendre quan una nit va emetre el primer crit en sentir la mossegada per dins. Tots vam rompre el silenci quan un matí al camp va caure a terra cargolant-se de dolor.

—Has de ser fort —li vaig dir—. Ja saps què és això.

—No sóc fort —va plorar en Ieobà Bayabei.

—Estarem amb tu. Et subjectarem. Deixarem que el cuc surti i et deixi net.

—Kalil Mtube, tinc por —va reconèixer.

La primera conseqüència de la malaltia d'en Ieobà Bayabei va ser l'enuig d'en Manu Sibango. Sense feina, no hi havia paga. Tampoc no n'hi havia treballant, però el meu company de viatge encara confiava en els miracles. La segona conseqüència va ser que en Sibrai Buekeke es va apartar d'ell com si el cuc de Guinea pogués canviar de cos en ple creixement. No vaig arribar a saber mai si en Ieobà Bayabei l'estimava. Però la soledat li va arribar en un mal moment, i vaig haver d'ajudar-lo. En Sibrai Buekeke va començar a somriure a un dels nous.

A mesura que passava el temps, des d'aleshores, el ventre de la Naya augmentava de volum i els dolors d'en Ieobà Bayabei augmentaven d'intensitat. El primer em semblava un prodigi. El segon, una maledicció. Entre les nits que passava amb la Naya, dormint al seu costat, i les nits que passava amb el meu amic, sostenint la seva mà mentre el cuc creixia, el mossegava i es movia, el meu cos es va aprimar, els meus ulls van acabar tancant-se a qualsevol lloc, fins i tot dret, i el matxet va estar a punt de tallar-me un dit, una vegada, i la mà, una altra.

Ningú no feia cas de la Naya, però tothom parlava d'en Ieobà Bayabei.

Apostaven, com l'altra vegada, i fins i tot se'n burlaven impel·lits per la seva pròpia angoixa, proposant camins impossibles per a la llibertat del fatídic cuc.

—Sortirà per les cames.

—Sortirà per l'anus.

—Sortirà per l'ull.

—Sortirà per l'orella.

—Sortirà per la boca.

Però era la seva pròpia por el que els feia actuar així.

La immobilitat acostuma a arribar en el darrer moment, però el meu amic no va poder moure's durant molts dies i moltes nits abans del final.

Còmplices

Vaig descobrir que algunes dones sabien de les meves visites a la Naya.

Esgotat, ja no passava les hores en blanc, veient-la dormir, a prop, aspirant la seva aroma o fregant suaument els seus llavis amb els meus. Tot i que lluitava contra la son, m'hi rendia. I amb la primera albor de l'alba tornava al meu barracot per dormir una mica més abans d'anar a la feina. Això si en Ieobà Bayabei no s'agitava. Algunes dones, en despertar-se de nit per orinar o anar a beure, em van veure amb ella. Però no va passar res. Van ser les meves còmplices. No crec tampoc que fossin amigues meves o seves. Vivien i deixaven viure. Cadascú en tenia prou d'ocupar-se dels seus problemes.

I, a més, la Naya i jo no gemegàvem ni cridàvem.

Deixàvem passar el temps.

Ella no sempre dormia. Al començament de cada nit, en els primers minuts, quan sentíem l'excitació de la companyia, em somreia i parlava, i em demanava, fent-me gestos, que li parlés jo. No vaig entendre mai el que em deia, i jo tractava d'ensenyar-li algunes paraules en dioula o les que jo sabia de francès, però a l'últim ens rendíem. Era molt amarg no poder conversar. Hauria donat la meva mà esquerra per fer-ho. Teníem tant per compartir, i ens vèiem tan limitats per les nostres diferents llengües. Però m'agradava molt escoltar-la. La seva veu era dolça, arrossegava les paraules en les vocals, i deixava anar petites alenades d'aire que em copejaven el rostre i m'envoltaven amb les consonants fortes, com la *k*, la *p* o la *t*. Era harmoniosa. Cantava en parlar.

I, mentrestant, el seu ventre s'inflava.

Una mica més cada vegada.

La primera nit que em va agafar la mà i la va posar damunt el seu ventre perquè notés el moviment del seu fill, jo la vaig retirar espantat. Però la Naya ho va repetir, em va dir alguna cosa amb els ulls plens de tendresa, va insistir, i vaig deixar que la meva mà percebés tota aquella vida que venia, ja sense por. Des d'aleshores, cada nit buscava el seu ventre. A més, era una excusa per tocar-la i sentir-la.

A l'últim, la Naya es va posar molt grossa. Tant, que ja no cabíem a la seva màrfega. I com més grossa estava, més maca la trobava.

Mort

Llavors, en molt poc temps, amb prou feines unes setmanes abans de la meva segona escapada, van arribar les tres morts que em van fer despertar, reaccionar.

Bé, dues. La primera, l'única cosa que em va produir va ser satisfacció.

Jo em disposava a fer quinze anys.

En Manu Sibango va tornar a reunir-nos per plorar, copejant-se el pit, mentre ens recordava que érem els seus fills i ens estimava. I ho va fer, una vegada més, per assenyalar cap al nord i dir que els homes blancs pagaven cada vegada pitjor el cacau; així doncs, molt a desgrat seu, continuaríem sense tenir el nostre sou. No podia. No tenia diners. Alguns sabíem que era mentida, que els més grans o els encarregats sí que havien cobrat. Cent cinquanta dòlars per any de treball si no existien descomptes que minvessin aquesta quantitat. Però la resta...

I no se'n queixava ningú, per por del càstig. Ni es fugava, per por de ser enterrat fins al coll. Ningú no mostrava resistència, perquè en Manu Sibango podia ser alguna cosa més que un pare: un déu. Allà ho era.

Frustrats, ferits, enganyats, ensorrats, vam tornar a la feina.

I, al cap de tres dies, va morir ell.

L'Abdji Zedoua.

Serp

Vam anar a la selva per obrir un camí que enllacés dos camps de la plantació. No era una plantació gaire gran; en Manu Sibango sempre ho esmentava. Deia que era pobre, que amb prou feines podia viure del cacau. Per la seva manera de vestir gairebé es podia assegurar que això era veritat. Però tots teníem els nostres dubtes. Abundants o escasses, les pluges ho feien créixer tot molt de pressa, i era freqüent perdre temps esbrossant senders o buscant la manera de fer els trajectes més còmodes.

L'Abdji Zedoua ens va triar a un altre noi i a mi.

Vam començar la feina recollint pinyes i etzibant cops de matxet per obrir-les. El meu company i jo tallàvem, mentre que l'encarregat s'ocupava d'amuntegar les pinyes buides i les branques en un costat. Sempre que tenia a prop l'Abdji Zedoua els meus sentiments pugnaven per brollar i jo havia d'ofegar-los o, si més no, mantenir-los al més profund del meu ésser. Aquell home menyspreable havia posseït la Naya, havia gemegat i cridat amb ella, li havia deixat la llavor de la seva vida al ventre, i després l'havia apartat d'ell donant-li una pallissa. La vida de la Naya, en certa manera, encara que llavors jo no ho sabia, estava marcada.

L'Abdji Zedoua no era una bona persona. Era el dimoni.

Jo l'odiava, però no estava a les meves mans fer res. Almenys tenia la Naya. O això creia jo. Ara comprenc que ningú no té ningú, que només manllevem uns dies aliens per fer-los nostres, i ser feliços amb ells. Com més dies, més felicitat. A l'Àfrica negra, les expectatives de vida no arriben als cinquanta anys; s'és vell a partir dels trenta, i molt vell després dels quaranta. Així doncs, cada dia nostre «potser» val per dos d'un home blanc occidental.

Per sort, jo no sabia tot això llavors.

El crit de l'encarregat ens va sobresaltar al meu company i a mi. Jo era el que es trobava més a prop, de manera que en girar-me vaig poder veure dues coses: com l'Abdji Zedoua queia a terra de genolls, posant-se la mà al braç dret mentre cridava de dolor, i com la serp s'esmunyia entremig de les mates, buscant un lloc més segur en el qual continuar amb vida.

El que havia succeït era evident. L'encarregat havia posat el braç a prop de la serp en recollir allò que havíem tallat. Una amenaça. I el rèptil havia reaccionat.

—Ajudeu-me, vinga! Què espereu? —ens va cridar.

Ja coneixíem prou les serps per saber quina classe d'animal era el que l'acabava de mossegar. El seu verí actuava amb rapidesa, encara que no tant perquè el seu efecte fos immediat i fulminant. L'Abdji Zedoua tenia una oportunitat.

Depenia de la rapidesa amb què el duguéssim al campament, o de la celeritat amb què un dels dos anés a buscar ajut.

Perquè ell no es podia moure. Si ho feia, el verí correria més ràpid pel seu cos fins a matar-lo.

—Vés-hi tu, corres més que jo! —vaig ordenar al meu company de feina—. Jo em quedaré amb ell i li faré un torniquet!

No sabia si era cert. No havíem fet mai cap cursa. Però en aquell moment vaig saber que els déus em donaven una oportunitat de venjar-me de l'Abdji Zedoua i de venjar la Naya. La meva reacció va ser fulminant.

I no la va discutir ningú. Ni l'encarregat ni l'altre.

La seva petja es va perdre entre les mates i llavors vaig mirar l'Abdji Zedoua sense parpellejar.

—Què fas? —em va apressar—. Vinga, estúpid! Treu-te la camisa i fes-me el torniquet!

No em vaig moure.

—T'has tornat sord o ets idiota?

Em vaig asseure a prop seu. No tan lluny per no poder controlar-lo si es posava a cridar, ni tan a prop del seu cos perquè pogués atrapar-me i matar-me mentre es moria.

—Kalil Mtube...! Què passa?

Vaig observar els seus gestos, els seus ulls, la seva tremolor, la sang que rajava pels dos forats, allà on la serp havia enfonsat la boca. I vaig imaginar el verí corrent per les venes i les artèries d'aquell home. Portant la mort d'un extrem a l'altre del seu cos. El cuc de Guinea en versió fluid, i sense sortir per enlloc.

L'Abdji Zedoua es va estremir.

I va comprendre.

Va corrugar les celles, mirant-me i buscant una resposta.

—Per... què? —va voler saber.

Jo vaig continuar callat. Calculava mentalment la cursa del meu company en recerca d'ajut. La distància, la velocitat, el que trigaria a fer el crit d'alerta, la possibilitat que fos en Manu Sibango qui vingués a buscar-nos, i en aquest cas, ho faria amb la seva motocicleta...

—Mai... no... t'he...

Tot ésser humà mereix una explicació quan està a punt de morir.

I jo volia donar-la-hi. Volia que els seus últims pensaments fossin per entendre la veritat.

—La Naya.

—Què?

—La Naya —vaig repetir.

El verí devia ser molt ràpid. Va parpellejar una vegada. Els seus ulls van començar a ennuvolar-se. Va reaccionar tractant de treure's la camisa per fer-se ell mateix el torniquet, però ja era tard. Saber que es moriria li va accelerar el pols, i el seu cor va bombar més i més sang enverinada. Va perdre les energies finals, i la seva força es va diluir com un grapat de sorra llançat a l'aigua.

Va caure endarrere. Va gemegar.

Tot i això, va trigar a morir. Es va aferrar a la seva existència amb la desesperació de la ràbia. Vaig començar a sentir el petarrelleig de la motocicleta d'en Manu Sibango quan ell encara panteixava envoltat per la seva ranera. Em vaig aixecar, em vaig treure la camisa i llavors li vaig fer el torniquet. Ja era tard, però en Manu Sibango havia de trobar l'evidència del que era natural: el meu esforç per salvar la vida al seu encarregat.

L'Abdji Zedoua va emetre l'últim sospir als braços de l'amo.

Segon

En Ieobà Bayabei va ser el segon a morir.

Va finar al cap d'una setmana que ho fes l'Abdji Zedoua, i a conseqüència del seu enemic interior, el cuc de Guinea, que va escollir de nou un lloc habitual per abandonar el cos al qual niua: el sexe.

Aquells dies, immòbil, turmentat, sentint com el cuc el mossegava i el cremava per dins mentre buscava aquella sortida, en Ieobà Bayabei es va aferrar a la meva mà i em va demanar que no l'oblidés. Crec que sabia que es moriria. Jo li vaig dir:

—No siguis ximple. Sortirà i t'oblidaràs d'ell.

I el meu amic em va respondre:

—Continues vivint sempre que algú et porta a la ment i al cor. Mors quan ja ningú no es recorda de tu. Sisplau, Kalil Mtube, porta'm amb tu.

Havia estat el meu únic amic, encara que al final ens separéssim al campament d'en Manu Sibango. En Ieobà Bayabei només va voler subsistir.

—Tinc por —va plorar.

Aquella darrera nit tots vam estar expectants. Sabíem que era a prop. Podíem veure com es movia el cuc. Era allà. Era gros. Però no poder fer-hi res ens produïa la mateixa impotència que jo recordava de la vegada anterior. Era el cuc el qui manava. Era ell qui decidia quan i com sortir. Nosaltres érem testimonis de la seva crueltat. Subjectar en Ieobà Bayabei i res més.

Un sol trosset, per minúscul que fos, si quedava a l'interior del cos, representava uns altres sis mesos de dolor.

Van tornar les apostes nervioses.

—Les cames.

—Un ull.

—L'orella.

—L'anus.

—La boca.

En Ieobà Bayabei era mort quan el cuc encara anava per la meitat del seu camí de sortida.

Vam matar el cuc, el vam esclafar, el vam cobrir d'odi.

Però ja era inútil.

Part

La nit que la Naya va donar a llum el seu fill, jo dormia amb ella.

Es va incorporar sobresaltada, i vaig obrir els ulls en notar el seu gest. Amb prou feines cabíem a la màrfega, de manera que era impossible no despertar-se. Pel seu rostre, vaig saber que alguna cosa greu succeïa. Es va posar les mans al ventre i va pronunciar algunes paraules que, una vegada més, no vaig entendre.

Jo vaig veure la taca a la palla, el líquid que banyava les seves cuixes, l'expectació del seu rostre. Però el que no oblidaré mai va ser l'última mirada que em va dirigir. Una mirada d'amor, una promesa, una esperança que es va truncar quasi immediatament. El seu crit va alertar les altres dones, que es van aixecar com una de sola disposades a ajudar-la. Jo vaig ser expulsat del barracot d'una revolada. Ni tan sols vaig oferir resistència. Cada vegada que la meva mare havia donat a llum, els homes érem expulsats de l'estança i les dones s'ocupaven de tot.

Sabia que la Naya tindria un nadó, però fins aquell moment no vaig comprendre la transcendència del fet. Què faria amb ell? Continuaria a la plantació, ocupant-se de la seva feina i tenint cura del seu fill? Podríem estar junts ara que, finalment, res no la separava de mi?

Recordo que vaig mirar el barracot, espantat. Recordo que cada crit de la Naya es va enfonsar a la meva consciència i em va esquinçar igual que a ella. Recordo que tot el campament es va posar dret, però que la majoria va tornar a la seva màrfega per continuar dormint, indiferents. El son era sagrat. Que una nova vida arribés al món no significava que els qui eren allà haguessin de perdre la seva. I dormir era el més important, juntament amb menjar.

Em vaig quedar sol, esperant.

Cap dona no em va explicar què succeïa quan entrava o sortia del barracot. Cap no em va prestar atenció. Era igual que una pedra enmig d'enlloc.

—Surt d'aquí!

—Què fas?

—Vinga, aparta't!

Els crits de la Naya van ser cada vegada més forts, més constants, més anguniosos. No vaig saber mesurar el temps, però em va semblar que van passar hores. Els crits em van fer tornar boig al final. Els tinc ficats a la ment, clavats a l'ànima. Eren els crits de la seva vida, que s'escapava a mesura que la donava al seu fill. Era com si la mutilessin, com si l'estiguessin trencant. L'últim va ser el pitjor de tots.

I en acabat... la calma.

Tot va cessar.

Un, dos, tres, quatre, cinc segons...

El plor d'un nen.

Un, dos, tres, quatre, cinc segons...

El plor d'una dona, i d'una altra, i d'una altra més.

Un, dos, tres, quatre, cinc segons...

El plor de totes les dones, formant un cor insòlit al voltant de la potent gola del nounat, que les dominava amb el seu paroxisme.

Quan vaig poder tornar a entrar, ja sabia la veritat. Quan vaig poder veure-la de nou, coberta per una bruta tela ensagnada, la Naya tenia els ulls tancats i el rostre ple de pau.

LA LLIBERTAT

Odi

Havia deixat morir l'Abdji Zedoua, però en el fons era com si jo mateix l'hagués mort. De manera que ja sabia el que se sentia.

Després de la mort de la Naya, el dolor d'aquells anys va tornar a mi de cop, amuntegant-se a la meva raó, inundant-me d'odi, i qui vaig voler matar va ser en Manu Sibango.

Ell encarnava tot el que érem nosaltres, esclaus d'un destí aliè i desconegut. Ell representava la soledat, la por, la humiliació, i per descomptat aquell odi que ara m'omplia i m'encegava. Ell era l'autèntica frontera.

Voler matar no és el mateix que matar. El meu desig mai no es va fer realitat. Em va alimentar, però no em va sadollar. Va ser el miratge que em va fer reaccionar i despertar. La Naya m'havia lligat al campament durant els mesos precedents, disfressant la meva rebel·lia. De sobte, la meva vida, per un temps, sí que havia estat allà, en aquella terra on em trobava des de feia més de dos anys i mig. Però la seva mort em va arrencar la màscara, em va fer afrontar-me a mi mateix. L'odi va actuar com l'èmbol de la meva llibertat.

Havia de fugir d'allà.

Vaig ser intel·ligent no matant en Manu Sibango. No hauria aconseguit res. Avui seria tan mort com ell i la meva veu no seria escoltada. Però m'enorgulleixo de no ser un assassí per altres motius. En Ieobà Bayabei em va demanar que el recordés. I el recordo. I la Naya encara viu en mi d'una manera dolça i bonica. Vivim per a nosaltres mateixos, i també per als altres. Sí. Ara sé que la mort del meu amic i de la dona que vaig estimar em van empènyer a viure.

Per mi i per ells.

Amagatall

Vaig aplegar menjar arriscant-me a robar-lo de la cuina del campament. Era el lloc més preservat, a més de la casa d'en Manu Sibango. No me'n vaig emportar gaire. El necessari per aguantar tres o quatre dies: arròs i uns nyams que vaig guardar en un petit sarró de fabricació casolana i una mica d'aigua. No era sobrer fer, també, una petita provisió, tot i que confiava que la selva em proporcionaria el necessari. És clar que la meva idea no era haver de passar uns quants dies allà. Vaig omplir una cantimplora i la vaig amagar aquella nit sota la meva màrfega, actuant amb molta prudència. Tots els barracots tenien ulls i orelles, qualsevol persona em podia delatar.

Les sabates que abans em venien grans, ara encaixaven als meus peus perfectament. Continuaven sent meves. Però la mort d'en Ieobà Bayabei m'havia proporcionat alguna cosa més: la seva camisa. Així doncs, en aquell moment jo era un home ric: en tenia dues. Els pantalons van ser per a en Sibrai Buekeke, malgrat que durant els mesos de malaltia s'oblidés d'ell. No em va importar. Ja no m'importava res. Confiava que n'hi hagués prou amb la camisa, i que d'aquesta manera una part del meu company fos lliure i veiés un món millor.

Havia d'haver-hi un món molt millor a l'altra banda de la terra.

Quan tots estaven adormits, vaig sortir del barracot amb el sarró, la cantimplora i les sabates lligades al voltant del coll. No em vaig encaminar cap a la selva ni el sender. Em vaig dirigir a una de les dues torres del camp, la que coronava el vell dipòsit inutilitzat, ocultant les meves petjades, saltant sobre les pedres, esquivant la pols o el fang. Enfilar-me fins a dalt va ser senzill. Amagar-me a dins també, tot i que hi havia un pam d'aigua bruta i un sens fi d'animals diminuts als quals no va entusiasmar compartir aquell espai amb mi. Vaig buscar la manera d'eliminar l'aigua, però a l'últim em vaig resignar a la meva sort. Si quedaven empremtes de la meva posició, seria descobert, i per a mi arribaria el final. Em vaig quedar allà assegut, mullant-me.

Tota la nit.

Es va fer de dia, es van adonar de la meva absència, i va esclatar la revolució. En Manu Sibango va anar a buscar la seva motocicleta cridant que aquesta vegada em mataria i m'enterraria tres dies seguits fins al coll. Em deia desagraït. Els altres van començar a fer apostes. Des d'una escletxa els podia veure. Per les cares d'admiració d'uns quants, i les de sorpresa d'uns altres, sabia que tots donaven per descomptat que era la meva fi. Ningú no es va voler arriscar a apostar per mi. Així doncs, ho van fer pel temps que en Manu Sibango trigaria a portarme de tornada. Unes hores, al vespre, l'endemà...

Va ser un dia llarg, allà immòbil, amb l'aigua entumint la part inferior del meu cos, i sense gosar fer cap moviment per no donar ni la més petita pista del meu parador.

En Manu Sibango va tornar al vespre, desconcertat, fet una fúria, cridant a tothom.

Les apostes van pujar.

Per mi.

Ningú no va alçar el cap. Ningú no va mirar al dipòsit. Ningú no va imaginar que fos tan boig, o tan llest, per trobar-me tan a prop. Així va arribar la segona nit, i amb aquesta un son reparador i cada vegada més humit. Vaig témer que, quan arribés el moment de la veritat, no em pogués moure. A més, tenia picades provocades per aquella fauna aquàtica gairebé desconeguda per la seva varietat i abundància.

Estalviava menjar.

L'endemà, en Manu Sibango va tornar a anar-se'n amb la seva motocicleta.

Aquell dia va ploure, i molt. Una cortina d'aigua. Quan en Manu Sibango va tornar, no és que estigués de futris: estava fet una fúria.

Amb ell, va arribar el camió. El transport per al cacau.

Era el seu dia.

No els calia vigilar-lo. Cada vegada que sortia, tots el contemplàvem en silenci i a cap no se'ns acudia pujar-hi. Si faltava ningú, hauria estat el primer lloc al qual haurien trucat, en ruta, per la ràdio.

Però jo me n'havia anat dos dies abans.

A la nit em vaig posar en marxa. Vaig estar a punt de caure. Tenia els peus insensibles. Vaig haver d'escalfar-me'ls i esperar, arriscant-me que algú es despertés i em veiés enfilat a la torre. Quan vaig aconseguir arribar a terra, em vaig dirigir al camió i em vaig amagar sota els sacs de cacau. Duia una canya per poder respirar millor. Em vaig situar al fons i em vaig cobrir de manera que només uns centímetres de canya sobresortissin per sobre de la muntanya de sacs. La tercera nit, doncs, la vaig passar immòbil, enterrat en aquell cacau pel qual tants donàvem la vida i la nostra sang. Els meus músculs, abans entumits per la humitat, van patir ara per la sequera. No podia dormir, ni perdre el coneixement.

A l'alba, no vaig sentir la motocicleta d'en Manu Sibango sortint per buscar-me, però sí els seus crits.

El camió es va posar en marxa.

Sentiments

El camió es va aturar a les portes del camp. El qui el conduïa va dir:

—En Manu Sibango està perdent facultats.

—Aquell noi és mort. Se l'ha menjat el feram. Si l'amo no l'ha trobat és perquè ja no existeix —li va respondre algú.

—A reveure.

—Adéu.

Jo respirava amb fatiga, no per la immobilitat o l'olor de cacau o... Era per la tensió i la por. La certesa que estava a punt d'aconseguir-ho. Havia estat més llest que en Manu Sibango. Tot i això, vaig deixar transcórrer uns minuts més. I després uns quants més. No vaig treure el cap entremig del cacau fins que vaig estar segur que érem lluny del campament. El primer que vaig fer va ser cerciorar-me de si el conductor em podia veure. I no era així. Una planxa de metall separava la càrrega de la cabina. Però no em vaig apropar als costats, perquè recordava els mirallets retrovisors del tot terreny d'en Zippo, aquells que eren com uns ulls al clatell.

L'únic imprevisible era saber la direcció del camió.

Jo volia dirigir-me al nord, a Mali. Una vegada al meu país, potser tindria més oportunitats.

Em semblava que havia passat tant de temps...

La tensió va desaparèixer de sobte. Vaig quedar fred. Pitjor encara: vaig sentir fred. Fred enmig d'aquella calor tòrrida i aquella humitat que emanava de la terra i es convertia en vapor que penetrava als pulmons. La pols que aixecaven les rodes i que, de vegades, em queia a sobre, formava una segona pell, un sudari. Però no era tampoc aquest el motiu del fred. Procedia del meu interior.

De la meva ment i del meu cor.

Jo era lliure.

Finalment era lliure.

I endarrere quedaven en Ieobà Bayabei i la Naya.

El sentiment em va destruir, va ser imparable. El fred

em va conduir a les portes del defalliment més radical, vaig caure avall, avall, avall i més i més dins meu, i llavors, quan vaig tocar fons, vaig sentir una enorme pena, uns inaudits desitjos de plorar.

I vaig plorar.

Vaig plorar i vaig dir els seus noms en veu alta i allà per última vegada.

—Ieobà Bayabei... Naya...

Lluny

Vaig perdre la noció del temps, tot i que al començament em vaig guiar per la posició del sol. Al cap d'una estona em vaig adormir, vençut pel cansament de les tres nits passades. Em va despertar la pluja que m'assotava el rostre. El cel estava cobert i rodàvem per una carretera sense asfaltar a una velocitat més que considerable. Vam passar un parell de pobles aixecant núvols de pols. Continuava amagat i no em vaig atrevir a saltar del camió en marxa, i menys en un poble desconegut. Pensava en els meus problemes i no sabia quin era pitjor. Estava perdut, em quedava poc menjar i aigua, i no sabia llegir ni escriure, amb la qual cosa difícilment estava en condicions d'orientar-me. No sabia tampoc si a tot arreu de la Costa d'Ivori es parlava el dioula, tot i que gairebé apostava que no. L'idioma oficial continuava sent el francès, com a Mali, encara que al meu poble no es parlés mai aquest idioma. El meu coneixement es limitava a unes quantes paraules.

Malgrat tot, el sabor de la llibertat era embriagador. Al campament, la meva vida era a les mans d'en Manu

Sibango. Allà fora era a les meves mans. Succeís el que succeís, em succeiria a mi i per mi mateix.

Era el segon viatge que portava a terme en la meva vida. El primer, amb en Zippo, venut i encadenat. Aquest, sense destinació, a la recerca del meu futur. I cap dels dos no els havia fet amb les pólvores de la invisibilitat, que són tan necessàries a l'hora d'emprendre llargs viatges. Al meu poble, quan algú marxava lluny, es picolaven mones albines o es triturava un gat negre. Les pólvores de la invisibilitat eren una ajuda perquè una persona fes un trànsit tranquil. Les pólvores de la invisibilitat el protegien i li garantien passar desapercebut.

Vam arribar a una carretera vagament asfaltada, estreta, plena de clots, i llavors el camió va rodar a una velocitat que a mi em va semblar de vertigen. Els automòbils amb què ens encreuàvem ho feien a un pam del nostre, enmig de sonors tocs de botzina, mentre uns i altres se n'anaven cap als costats per no reduir la velocitat ni xocar. No sempre hi havia espai, de manera que de vegades les branques dels arbres eren més perilloses per la seva imprevisibilitat. Rius de persones es movien pels vorals, i també existia el perill d'atropellar-ne una dotzena. Tot i això, no va passar res.

Ja era lliure.

En Manu Sibango no m'atraparia mai.

En tenia prou de saltar i córrer per qualsevol lloc.

Em sentia trist, excitat, acovardit, nerviós. Em sentia moltes coses.

Encara era de dia quan, molt al lluny, en sortir d'un revolt pronunciat, vaig veure els primers edificis d'una gran ciutat.

Ciutat

Vaig recordar la primera ciutat per la qual havia passat en el trajecte d'anada, tot i que no vaig saber si era la mateixa. Per descomptat que no l'era, però jo no ho sabia. Havíem viatjat cap al sud i ens trobàvem a Daloa, que era la tercera ciutat en importància de la Costa d'Ivori. Per precaució no havia de treure el cap pels costats del camió, de manera que vaig esperar agotzonat que ens trobéssim més a prop de les primeres cases. Aviat vaig veure més i més gent, aglomeracions humanes esperant mitjans de transport, dones amb vistosos vestits de colors típics portant els seus paquets al cap i els seus fills als plecs de la seva roba, bars i botiguetes perifèriques en les quals semblava haver-hi de tot. Aquelles saboroses aromes, que portaven a la meva pituïtària olors i sabors desconeguts per a mi, em van fer venir aigua a la boca.

El camió es va aturar davant d'un d'aquells discs que canviaven de verd a vermell, segons el sentit de la marxa.

No vaig reaccionar a temps. Ho mirava tot amb cara d'esbalaïment i alguns nois i noies van notar la meva presència al camió. Em van cridar alguna cosa que no vaig entendre i el camió va tornar a arrencar. Vaig decidir ser més murri. Ja era prou lluny d'en Manu Sibango. En una ciutat qualsevol un s'amaga millor que en un poble. Vaig recordar els nens de l'estació a la qual en Zippo havia abandonat els dos petits. Sabia que, probablement, acabaria com ells mentre buscava la manera de tornar a casa. Encara que si robava menjar i em detenien...

Podia anar a la presó, i això seria pitjor que la plantació d'en Manu Sibango.

El camió ja no rodava a gaire velocitat. La gent s'encreuava i el trànsit d'animals, carretes, motocicletes i cotxes era incessant enmig d'un caos extraordinari. Per a mi, les ciutats eren un enigma. Jo venia d'un poble tranquil. Com podien viure enmig de tant soroll i presses, d'aquella massificació? Vaig mirar per sobre de la separació metàl·lica de la cabina del camió i vaig arribar a veure que ens dirigíem cap a un altre d'aquells ginys de colors.

Em vaig preparar.

No s'hi va aturar, el va passar de llarg. Vaig tornar a aguaitar i en vaig veure un altre al lluny. Es va posar vermell abans que el conductor hi arribés.

I aquesta vegada, quan el camió es va aturar, vaig saltar a terra i vaig arrencar a córrer sense esperar a veure si la meva acció havia estat detectada o no.

Gana

El primer dia vaig vagar per aquells carrers esbalaït per tot allò que veia, aturant-me ací i allà, fascinat.

El segon dia, la gana va fer acte de presència.

Però tot just arribar, fins que la nit em va impulsar a buscar recer, vaig descobrir més coses de les que en tota la meva vida, fins aquell moment, havia imaginat. Era un marcià trepitjant la Terra. Vaig escoltar música sortint d'un aparell en el qual girava una placa rodona de color negre. Vaig veure una altra d'aquelles finestres de colors, dins la qual hi havia persones parlant o movent-se. Vaig ser testimoni de fets sorprenents, com veure sortir líquids de màquines o presenciar com un home treia les entranyes a un vehicle —amb la qual cosa vaig deduir que coneixia perfectament el seu funcionament. Podria fer servir avui dia les paraules que ja sé: semàfor, tocadiscos, televisor, cafetera, mecànic... Però utilitzo les mateixes sensacions que vaig tenir aquella tarda a Daloa. En el viatge d'anada, en Zippo s'havia rigut de mi, però m'havia dit com s'anomenava tal cosa i tal altra. Ara estava sol, sense ningú a qui preguntar. El meu poble perdut i distant formava l'Edat de Pedra del meu passat.

El pitjor va ser caminar davant les parades de fruita, menjar, beguda...

A la selva tot és de franc, n'hi ha prou d'estirar la mà i agafar allò que la natura et dóna. Allà imperava la llei dels diners. Sense diners no eres ningú. Vaig poder beure en una font gairebé seca on feien cua moltes dones, però res més. Vaig omplir el pap i vaig continuar caminant. Al final, em vaig apartar de les parades de menjar, perquè totes aquelles aromes em torturaven. Vaig pensar a tornar a la selva, però quedava lluny. A més, vaig imaginar que als voltants de la ciutat els arbres devien estar secs. D'on treia el menjar tota aquella gent? Per ventura, tothom vivia allà? Jo no havia vist mai tantes persones juntes.

Avui sé que Daloa no és una gran ciutat, que els seus carrers són polsegosos, i que hi ha llocs molt més grans i amb més habitants, fins i tot a l'Àfrica; però llavors la meva ignorància em feia quantificar-ho tot d'una manera irreal.

Vaig sentir que la vida allà era aclaparadora, i que la ciutat em rebutjava. Em cridava: «Què hi fas, aquí? Vés-te'n!»

La ciutat m'expulsava.

Tanmateix, no tenia on anar, de manera que m'hi vaig quedar.

Aquella nit vaig dormir a la llera d'un riu sec. Vaig tenir malsons. Acostumat a dormir sempre en silenci, o acompanyat dels sospirs o els roncs dels meus companys d'esclavitud, el més petit soroll de l'urbs que tenia a la meva esquena m'agitava o em despertava torbat. Malgrat tot, em va vèncer el cansament de les tres nits esmerçades en la fugida. Em vaig despertar a l'alba amb un tremend crit del meu estómac, adolorit per la fam.

Sí, el segon dia la gana va fer acte de presència amb tota la seva força i el seu poder desestabilitzador, perquè amb fam tot et sembla més irreal, absurd. La gana és terrible, és la veritable pobresa, l'autèntica misèria.

Vaig tornar a vagar pels carrers, fins que em vaig atrevir a preguntar. Em vaig acostar a una dona i, abans que obrís la boca, em va mirar de dalt a baix i em va girar l'esquena. Em vaig apropar a una segona i, quan vaig obrir la boca, em va mirar de dalt a baix i em va girar l'esquena. Vaig optar per un home i vaig aconseguir formular-li la pregunta, però va reaccionar igual: em va mirar de dalt a baix i em va girar l'esquena.

Però abans es va posar a riure.

Jo només li havia preguntat:

—Senyor, cap a on és Mali?

Almenys m'entenien, parlaven la meva llengua o...

Vaig continuar vagant pels carrers fins que, en una placeta recòndita, vaig veure uns nens més petits que jo furgant les escombraries a la recerca de menjar. M'hi vaig afegir. No vaig ser ben rebut, però era més gran i a l'últim es van oblidar de mi, cadascú concentrat en la seva pròpia inspecció de restes amb què alimentar-se. Vaig trobar un os amb una mica de carn enganxada i també un rosegó de pa molt sec que em va semblar deliciós. Feia tant temps que menjava arròs i nyam, que tot allò que vaig trobar a les escombraries em va fer l'efecte d'una cosa nova i excitant. Fins i tot em va semblar un delit.

Al cap de dues hores el meu estómac, gens acostumat a aquells canvis de menjar, va començar a fer-me mal i a castigar-me pels meus excessos.

Vaig veure alguna cosa més.

En un carrer, una dona assotava una nena petita, d'uns cinc anys, amb una vara molt flexible. La nena plorava i es debatia entre plors, mentre la dona, implacable, descarregava la seva ira sobre el seu cul. No vaig poder sostreure'm a aquesta escena i em vaig aturar. Quan la dona se'n va adonar, va aixecar la vara i em va cridar:

—I tu què mires? Eh?

Vaig continuar caminant.

Em vaig preguntar què havíem fet els nens perquè tothom ens odiés tant.

Robatori

Al vespre, la gana em feia tornar boig...

Sabia que no resistiria una altra nit dormint a la llera del riu sec per despertar-me, al matí, amb l'estómac rugint. Així doncs, vaig tornar a buscar a les escombraries, però no vaig tenir tanta sort. Fins i tot un gos em va disputar unes deixalles mostrant les seves ferotges dents quan m'hi vaig acostar massa.

Els mercats recollien les seves parades de venda.

La dona a la qual vaig robar una fruita em va semblar gran, molt gran. Tenia els cabells amb fils grisos recollits en un mocador, i estava asseguda darrere una paradeta de fusta amb una petita vela per evitar el sol. Un eixam de mosques brunzia entre les fruites de tots els colors; tot i que n'hi havia moltes més al costat, en una parada de carn. N'eren tantes que la carn era més negra que vermella.

Vaig agafar només una peça, grossa, bonica i sucosa. Una sola peça. Ni tan sols en sabia el nom ni quin gust tindria. I quan la vaig tenir a les meves mans vaig arrencar a córrer pel carrer mentre al darrere se sentia un crit.

—Lladre!

Per més sorprenent que sembli, la dona va arrencar a córrer darrere meu.

I no solament ella, sinó també uns altres dos homes, sens dubte més ràpids que la propietària de la fruita.

Vaig córrer per carrers i carrerons, espantat, temorós, veient-me a la presó i retornat a en Manu Sibango per ser castigat, o podrint-me en una cel·la per a tota la vida. Qui era jo? No tenia papers, no existia, no era ningú. Vaig lamentar haver robat aquella fruita. Però ja era tard. O corria i els esquivava o ho pagaria. Em vaig jurar no robar mai més, encara que el meu estómac em martiritzés amb els seus rugits i la meva ment es girés a l'inrevés. També vaig pensar a tirar la fruita, tornar-la-hi, perquè em deixessin tranquil, però atès que l'havia robat i no estava segur que en tinguessin prou amb això, vaig optar per conservar-la. Si guanyava aquella cursa, me la menjaria.

Si hagués anat descalç segur que la distància guanyada hauria estat més gran. Però duia les meves sabates. I amb elles em sentia igual que una vaca. Les sabates són un senyal de qualitat de vida, però no es pot córrer si les portes posades. No serveixen de gaire.

Em vaig endinsar en un carreró fosc, buscant refugi, la meva última oportunitat. I em vaig trobar en un atzucac. No hi havia enlloc on amagar-se, excepte el forat d'una porta, al peu d'un edifici de dues plantes fet amb gruixudes tosques grises, i amb el ciment donant-los amb prou feines una mica de consistència.

Em vaig aplanar contra aquella porta.

Ells eren a prop, sentia els seus crits.

—On és?

—Mira en aquell carreró!

Llavors vaig sentir la seva veu, per sobre meu. Vaig poder entendre-la perquè el que va dir era senzill. Parlava francès.

—És obert, entra!

Vaig aixecar el cap i la vaig veure. Era una noia que treia el cap per una finestra. La llum de l'interior, des de baix, li donava un aspecte fantasmal.

Vaig posar la mà al pom i el vaig moure. La porta es va obrir.

Vaig entrar en aquella casa en l'instant en què un dels meus perseguidors feia acte de presència al carreró.

Amiga

L'Ama Naru no era tan bonica com la Naya. Tenia un any menys que jo i s'estava formant com a dona. El seu pit naixia cap enfora i la seva pell no brillava; semblava el fruit d'un arbre de cacau en el qual no hagués tocat mai el sol. La Naya era esplèndidament negra i l'Ama Naru, de color xocolata. Tanmateix, no les estic comparant. Només dic el que vaig pensar en conèixer-la. Era la segona noia que veia de prop, però, i per sobre de tot, i encara que parlava la meva llengua i francès, era la persona que em va salvar la vida aquella nit.

L'Ama Naru coixejava, tenia una cama més prima que l'altra. Més endavant, m'explicaria que era a causa d'una malaltia anomenada poliomielitis. I se sentia afortunada. Si més no, caminava.

Vaig començar a menjar-me la fruita robada abans que succeís alguna cosa més, i em vaig quedar molt quiet en aquella foscor, tot esperant el que pogués passar. Al cap de pocs segons, es va encendre el llum i la noia de la finestra va baixar per una escala fins on em trobava jo. Semblava divertida.

—Qui ets?

—En Kalil Mtube.

—Per què et perseguien?

—No parlo gaire... francès... Tu saps... dioula?

—Sí.

—Dioula?

—Sí —va insistir. I va repetir la seva última pregunta—: Per què et perseguien?

—Tenia gana —li vaig mostrar el que quedava de la fruita, que minvava ràpidament, a cada dentada.

—D'on ets?

—De Mali.

—Què hi fas, aquí?

—M'he escapat d'un camp de cacau. Era esclau.

Ella va fer uns ulls com unes taronges.

—Avui dia no hi ha esclaus.

—N'hi havia en aquell camp, i n'hi ha a molts altres llocs —vaig recordar la nena venuda i els dos nens abandonats en el viatge.

—Ets estrany.

—Per què m'has ajudat?

—Perquè ets un nen i et perseguien dos homes.

—No sóc cap nen.

—Oh, perdona —em va mostrar el seu somriure.

—Vius sola?

—Els meus pares i els meus germans són a l'hospital, visitant una tia meva. Jo tinc cura de la meva àvia, a dalt.

—Tens menjar, sisplau?

—Sí, espera.

Em va deixar sol, va anar al pis de dalt pujant els graons d'un en un a causa de la seva coixesa, i va baixar al cap d'uns instants amb pa, arròs i una mica de carn. També em va portar aigua. Una aigua que tenia molt bon gust, diferent de la de la bassa del campament o de la de la font on havia omplert el pap. Mentre menjava, em va mirar amb més i més curiositat i em va dir el seu nom.

—Ets molt lluny de Mali.

—Sí?

—Molt.

—Tu saps anar-hi?

—Quina mena de pregunta és aquesta? Sé on és, cap al nord. Però és lluny.

—I com és que saps tant?

—Vaig a l'escola. Allà hi ha mapes.

—Jo no he anat mai a l'escola.

—No saps llegir ni escriure?

—No.

Els seus ulls van mostrar pena.

—Demà et duré a veure algú.

—Qui?

—El meu professor.

—Professor?

—La persona que t'ensenya coses, a llegir i a escriure, i et diu on és Mali.

—Puc quedar-me aquí?

—Aquí no, però pots dormir al carreró quan hagi passat el perill.

No vam parlar gaire més. Li vaig explicar alguna cosa de la meva odissea i ella em va parlar de la seva família. Tenien un petit negoci. Eren gent important. Per a mi, els més importants del món. Després vam sentir la veu de la seva àvia, cridant-la gemegosa, i es va acomiadar fins a l'endemà.

Vaig dormir al carreró, segur, havent menjat i begut, més tranquil.

Després d'aquells dos anys i mig, gairebé tres, al campament d'en Manu Sibango, coneixia un amic, una amiga.

Professor

El professor de l'Ama Naru es deia Masa Bissou i era un home jove, agradable. Va ser el primer adult que em va allargar la mà i me la va estrènyer com un home. No solament va fer això, sinó que també em va somriure, em va donar la seva amistat i va escoltar la meva història amb molta atenció i tristesa. De vegades, abaixava el cap i el seu rostre adquiria un rictus de dolor impossible de dissimular, i encara menys d'ocultar. Quan vaig acabar el relat de la meva fugida, va sospirar amb força. Jo no l'hi hauria explicat si no fos perquè l'Ama Naru em va assegurar que era de confiança, una bona persona. Vaig pensar que si algú es dedicava a ensenyar als altres allò que ell sabia, era perquè, en efecte, era una bona persona. L'única bona persona que havia conegut era l'home savi del meu poble, en Mayele Kunasse.

Va ser en Masa Bissou qui em va explicar gairebé tot el que sé ara.

Va ser en Masa Bissou qui em va posar un mapa davant els ulls i em va dir:

—Això és Mali, per aquí es troba el teu poble. Això és la Costa d'Ivori, i aquí hi som nosaltres, a Daloa. Segons el teu relat, la plantació on vas treballar ha de trobar-se per aquí, enmig d'aquest quadrat format per Bonoufla, Dédiafla, Kétro i Pelézi.

Em va semblar tot tan petit que em vaig sorprendre. El meu poble era a un parell de pams.

En Masa Bissou em va parlar de les distàncies, em va ensenyar altres mapes. Em va dir que nosaltres érem a l'Àfrica, i que hi havia altres terres. Vaig recordar en Sibrai Buekeke, el seu somni d'anar a Europa, a l'altra banda del mar. Vaig preguntar al professor on era Europa i m'ho va indicar, més amunt de l'Àfrica.

Els llibres d'en Masa Bissou van ser la meva autèntica llum, la finestra per la qual vaig treure el cap al món sencer. Vaig veure fotografies de persones blanques, i grogues, i roges. Vaig veure imatges d'aquells nens que, segons en Manu Sibango, menjaven feliços el cacau que nosaltres arrencàvem dels camps sense voler pagar per aquest el que mereixíem. Vaig veure ciutats al costat de les quals Daloa era un poblet, amb edificis tan alts que resultava sorprenent que s'aguantessin drets. També vaig saber que érem a l'any 1995.

Aquells llibres em van obrir el cor i em van eixamplar la ment. Vaig saber que aprendre era l'autèntica llibertat, i que saber llegir i escriure era la clau per arribar al futur.

No vaig sentir mai tanta pena i tanta alegria barrejades com aquell dia.

Pena per veure el que jo era. Alegria per saber que tenia temps d'aprendre i, potser, una oportunitat.

No posseïa res, tret de la vida, però, per ventura, que no era lliure?

—Podria ensenyar-te a llegir i escriure —va dir en Masa Bissou.

—Podria?

—Queda't aquí.

—He d'anar a casa meva.

—No hi arribaràs. Sol, sense diners, i sense saber res, no hi arribaràs mai.

—Aquí tampoc no tinc res.

—Pots netejar l'escola a canvi de menjar. I dormir allà darrere, al pati. Necessitem ajut.

Ningú no havia fet mai res per mi. I en unes hores coneixia el meu àngel, l'Ama Naru, i l'home que em va regalar el més preuat dels dons: el coneixement. Amb prou feines podia creure-ho. Fins i tot vaig desconfiar. Podia ser tan simple i agradable la vida?

—Hi ha molts nens perduts allà fora —vaig sospirar, mirant-los—. Per què jo?

—Perquè tu vas aparèixer a la meva porta i estaves molt espantat —va dir ella.

—I perquè ets aquí, busques una oportunitat i vols aprendre —va dir en Masa Bissou.

La meva nova amiga es va posar a riure.

—No et pensis que és tan bo. —Va assenyalar el seu professor.— Quan comenci a fer-te classes, veuràs que té el cor de pedra.

Mesos

No sabia què era la sort.

I, encara avui, em pregunto si va ser sort.

Destí? Oportunitat? Moment? Casualitat? Com anomenar-ho?

Vaig sobreviure al campament d'en Manu Sibango. I vaig sobreviure després al vaixell. Sobretot en aquell vaixell. Sempre jo. De manera que em pregunto: va ser sort o alguna cosa més?

Existeixen molts déus que et cuiden si ets grat als seus ulls, o un sol Déu cristià que et tria entre tots els altres i t'assenyala amb un dit decisiu i bondadós? Jo sóc africà. Jo sóc l'Àfrica. Sóc com la meva terra. Un misteri per als altres. La meva vida ha estat un trànsit. Pot ser que la raó de l'existència continuï sent no aturar-se mai, i aprendre sempre, fins a l'últim dia. Al capdavall, tenim aquesta vida per buscar respostes, i mentre les trobem un instant abans del darrer sospir...

Aquells sis mesos van ser el meu despertar.

I no solament em vaig sentir lliure, sinó que a més vaig aprendre a valorar aquella llibertat.

L'Ama Naru va ser la meva amiga, el meu suport, la meva ànima. En Masa Bissou, el meu mestre, la meva esperança, el meu futur. No va ser difícil aprendre a llegir i escriure una mica en francès. L'estrany era que al món hi hagués tantes llengües. Per sort, en aquella part de l'Àfrica el dioula era l'idioma comú i el francès, l'oficial. També vaig aprendre a dir unes quantes paraules en anglès. Prou feina tenia amb les altres dues llengües.

Durant el dia assistia a les classes d'en Masa Bissou. L'escola era senzilla, amb prou feines quatre parets i unes aules a les quals ens aglomeràvem un munt de nois i noies de totes les edats. La meva set d'aprendre, però, era més gran que la dels altres i, quan podia, passava el temps fullejant llibres i fent preguntes. En Masa Bissou havia d'enviar-me a fer alguna cosa perquè no l'esgotés, encara que mai no es va queixar de mi prou perquè jo creiés que parlava seriosament. Quan no era a classe o aprenent pel meu compte, havia de treballar, i treballava de valent. Més que una feina, allò era una benedicció comparat amb el campament d'en Manu Sibango. Netejava l'escola, ho tenia tot preparat abans i després de les classes, feia encàrrecs, i malgrat la por per no tenir papers, vaig començar a moure'm per Daloa com un peix a l'aigua. Una de les primeres coses que vaig fer va ser portar una moneda a l'anciana a qui havia robat la fruita. No es recordava de mi. Jo tampoc no li vaig refrescar la memòria, per si de cas. Li vaig dir que era un deute, li vaig deixar la moneda al platet, i em vaig allunyar molt més feliç. Al capdavall, no es pot tenir la consciència tranquil·la si has estat un lladre. Allò no tenia res a veure amb el fet de deixar morir un mal home com l'Abdji Zedoua. L'honestedat és una cosa i la justícia, una altra.

En aquells mesos també vaig veure més de prop els homes blancs. N'hi havia molts a Daloa. Viatjaven amb tot terreny, reien, tenien diners, feien allò que apareixia als llibres, i que es deien fotografies, amb unes càmeres negres que duien penjades al coll; i les dones portaven molt poca roba. Anaven amb les cames i els braços nus. Vaig arribar a tocar un home blanc, una tarda. La seva pell, al tacte, no era diferent de la meva. Allà on anaven, els seguia un eixam de nens i nenes que esperaven rebre alguna cosa. Alguns donaven xiclets i altres llaminadures. A mi no em van donar mai res. Ja era massa gran.

No semblaven dolents, ni cruels. Només persones com nosaltres.

No vaig veure nens blancs. Continuava imaginant-me'ls prenent cacau a casa seva, sense saber res de nosaltres.

Menjava, no dues, sinó tres vegades al dia. I els diumenges no es treballava ni s'estudiava. Un dia de descans a la setmana. Això sí que era un luxe. Un dia per no fer res o per fer-ho tot, a triar.

Vaig escriure el meu nom el primer dia. Vaig llegir el meu primer llibre —un conte infantil amb molts dibuixos i lletres grans— als tres mesos. Els més joves es reien de mi, però no em feia res. La vergonya és una cosa inútil. En senten aquells qui creuen que tenen alguna cosa per perdre. Jo no tenia res, de manera que no en sentia.

De mica en mica, vaig anar experimentant una pau que a l'últim em va omplir. Durant les primeres setmanes encara somiava en Manu Sibango, el cuc de Guinea, el matxet, els camps de cacau. De vegades, em despertava en plena nit i creia que era al campament, amb la sospita que tot allò hagués estat un somni. En veure que era veritat, em tranquil·litzava i tornava a adormir-me. Al final, la pau es va imposar i vaig deixar de somiar el passat, llevat de la Naya. No deixaré mai de somiar-la. Almenys en somnis tinc una vida al seu costat.

Aquella pau em va fer meditar encara més profundament de com ho havia fet mai.

I els meus germans? Si el meu pare era mort com em va dir en Zippo, què se'n devia haver fet? Els devien haver venut i potser es trobaven a prop meu, sense saber-ho, en un altre camp de cacau? Les imatges de casa meva i del meu poble eren molt poderoses. Em cridaven. Era un reclam atroç. Tenia una vida possible a Daloa, però massa preguntes sense resposta a la meva ment, i un gran forat negre a la meva ànima. En Masa Bissou va intentar ajudar-me a aconseguir documents. Papers que provessin que jo em deia com em deia i era de Mali. Hi havia una oficina a Daloa per a refugiats del meu país, però tot i que vaig aportar les meves dades l'única vegada que hi vaig anar, no me'ls van donar. Havia d'anar a l'ambaixada, denunciar en Manu Sibango i en Zippo, explicar la meva història i, per descomptat, demostrar que era certa, i que jo havia nascut a Mali. Era massa. I no vaig voler córrer riscos. Vaig dissuadir el meu amic, el professor, i vaig continuar igual.

Transcorreguts aquells sis mesos, jo em sentia igual que un home d'enlloc.

Era feliç.

Però la felicitat és un trosset intangible d'una cosa encara més intangible anomenada vida.

De manera que vaig començar a pensar a tornar.

Decisió

Ho vaig dir a l'Ama Naru. La primera. No coneixia el color dels seus sentiments, encara que els intuïa, i mereixia saber-ho abans que ningú. Sabia que la seva veu em lligaria i em retindria. Però la meva veu era més poderosa. La seva era un murmuri. La meva, un crit.

—He d'anar-me'n.

—Per què?

—Perquè necessito saber, i necessito veure casa meva.

—Quan?

—Quan s'acabi el curs.

—Queda't.

Tot el seu dolor va envoltar el cant d'aquella paraula.

—No puc. No faig res més que pensar i pensar.

—Un any. Només un. Encara no saps escriure del tot, ni llegir del tot, ni...

—Sé el suficient.

—Aquí tens amics. A fora estaràs sol.

—Ja ho sé.

—I si t'agafen i et tornen, de nou, a una plantació de cacau?

—Abans moriria. Ja no tornaré a treballar en un camp.

—Et tornaré a veure?

—Potser.

—Sempre vas ser força estrany. Aquella nit ni tan sols sé per què et vaig cridar. Hauria hagut de deixar que aquells homes t'atrapessin.

—Estàs enfadada.

—No.

Va abaixar els ulls cap a terra. En aquells sis mesos s'havia format del tot. El seu pit ja era vigorós i ferm; els seus ulls, de cristall; la seva boca, un crit, i el seu cos, una promesa. No duia mai faldilles, per ocultar la seva cama més prima. Vestia roba occidental, uns texans. Jo també tenia una altra roba, i unes altres sabates, flexibles, més còmodes.

—Jo no pertanyo a això —vaig tractar d'excusar-me.

—Tots pertanyem al lloc on som feliços i ens estimen.

—Però si em quedo aquí, oblidaré. I no vull oblidar. En Mayele Kunasse em va parlar una vegada de la pell de la memòria.

—Què és això?

—Jo no ho vaig entendre llavors —vaig assentir fatigosament—. Em va dir que la memòria és com una ceba que té moltes capes. A la més fonda hi ha la veritat, allò que som, allò que realment som, el lloc al qual pertanyem, el nostre origen, l'olor de la nostra mare, l'aspecte del nostre pare... I em va dir que en créixer anem formant noves capes, que envolten aquest cor. I com més creixem, més capes aportem. La vida va creant noves pells, de vegades tan gruixudes que fins i tot ens aparten dels records més immediats; de manera que els més llunyans o profunds...

—I si perdem la pell de la memòria...

—Ho perdem tot —vaig acabar les seves paraules.

—I paga més la pena la memòria del passat que el valor del futur?

Ho vaig meditar.

—No ho sé —vaig reconèixer—. Però crec que conservant el passat i aquesta memòria, podrem ser millors en el futur, aprendre dels errors, i evitar que tot sigui pitjor.

L'Ama Naru em va posar una mà a la galta.

—De vegades fas por.

—Jo? —em vaig sorprendre.

—El teu horitzó no té límits, i aquest és un gran compromís. No sempre és bo aconseguir el que es desitja.

—Jo només desitjo tornar a casa.

—No, hi ha alguna cosa més —va insistir ella.

—Què veus en mi?

—El teu destí.

—I quin és el meu destí?

—Lluitar.

—Quan arribi a casa no tindré per què lluitar —vaig afirmar.

Els seus ulls van brillar com els estels del cel quan la meva mare em parlava des d'allà.

—Aleshores, vés-hi —em va dir l'Ama Naru.

I la seva mà va deixar la meva galta mentre els seus llavis segellaven els meus per primera i única vegada.

Partida

En Masa Bissou va lamentar perdre'm en acabar el curs, però no va posar dificultats a la meva partida, ni va tractar d'impedir-la. Al contrari que l'Ama Naru, ell coneixia els secrets del cor humà i podia llegir a la meva ànima com si fos un llibre obert. Sabia que jo mirava sempre els mapes amb atenció, i buscava aquell punt invisible anomenat Mubalébala, al sud de Bankass.

El comiat de la meva amiga va ser trist. Va plorar llàgrimes gruixudes i llàgrimes fràgils, llàgrimes transparents i llàgrimes negres. Em va abraçar però no va tornar a besar-me, tot i que estàvem sols. El comiat del meu professor, en canvi, va ser rialler, amigable. No era un adéu, sinó un retorn al món, un cant que omplia la meva llibertat. Podia anar on volgués, quan volgués i com volgués.

Vaig ficar la meva roba —tres camises i uns pantalons— al meu farcellet, i vaig acceptar els diners que en Masa Bissou em va lliurar perquè pogués menjar i viatjar cap al nord. No era gaire, però sí suficient. Ens vam estrènyer la mà i ens vam abraçar.

Això va ser tot.

Una part de la pell de la meva memòria continua allà, amb ells.

El matí de la meva partida, després de pujar a l'autobús que es dirigia cap al nord, no vaig mirar enrere.

I no vaig plorar.

Ja no.

LA CAPTURA

Detenció

No vaig tenir gaire temps per gaudir de la meva llibertat ni del meu viatge de tornada a Mali. Havia d'arribar a la frontera, travessar-la a peu per la sabana i, una vegada al meu país, confiar que tot fos més fàcil. Però abans quedava el llarg trajecte des de l'oest de la Costa d'Ivori fins al nord. Llarg perquè els quilòmetres es feien eterns per aquelles carreteres infernals, plenes de sots, que ens feien saltar. El peculiar autobús de línia anava ple a vessar de dones i homes carregats amb paquets, animals vius, estris de la més curiosa procedència. Al sostre, a part de més paquets embolicats amb teles de colors i lligats amb cordes, hi viatjaven altres homes devorats per la pols que aixecaven els vehicles precedents.

De tota manera, el trànsit es va fer menys dens a mesura que ens allunyàvem de Daloa, fins a convertir-se en inexistent en molts trams del camí.

Anàvem rumb a Séguéla, la ciutat que tant em va fer obrir els ulls en el viatge d'anada.

Però no hi vam arribar mai.

El control de policia va aparèixer de sobte, darrere un recolze arbrat que ens impedia veure la resta de la carretera. El conductor del nostre transport no duia posat el cinturó de seguretat, que pel que es veia era una de les infraccions més perseguides per la llei. La majoria va presenciar amb indiferència l'aturada del vehicle. Jo no.

Jo no tenia papers.

Podia haver anat d'una altra manera. Però va anar com va anar. Si tenia sort, em va girar l'esquena tot just abandonar Daloa. Un dels policies de carretera va parlar amb el conductor i li va demanar la documentació. Un altre va pujar a l'interior i ens va examinar a tots. Jo vaig fixar la vista a la finestra, a l'altra banda del vidre. L'únic que es veia era aquella selva boscosa que coneixia tan bé. Érem lluny de la zona del camí dels marges del qual sortia la senda que conduïa a la plantació d'en Manu Sibango i a altres plantacions. Però la por feia que tot tornés a distorsionar-se. El policia va demanar alguna cosa a un home assegut només tres files davant meu. L'home li va lliurar una bruta cartera que va ser examinada sense pressa. Cada segon es va fer etern.

Jo viatjava sol.

Un nen viatjant sol, i amb un simple farcellet de roba.

El policia va tornar la cartera a l'home i va continuar avançant. No va passar de llarg, ni va girar cua. Es va aturar al costat de la dona i li va preguntar si anàvem junts.

—No, no, senyor —va respondre ella.

—Ei, tu, on vas?

Vaig haver de mirar-lo.

—A Séguéla —vaig mentir.

—Papers.

La meva ànima es va desintegrar. El meu cor es va fondre abrusat per la calor que em va envair de sobte. El meu cap va quedar en blanc.

—Els tinc a casa meva.

—No dus papers?

—No.

I ho va dir:

—Baixa.

Suborn

No puc explicar el que vaig sentir quan l'autobús es va allunyar carretera amunt sense mi.

Tenia un policia a cada costat. L'un, el que m'acabava de detenir, em subjectava amb la mà. No es veia res llevat del seu cotxe oficial, blanc i verd. Em vaig preguntar on eren el dia que en Zippo, en Ieobà Bayabei i jo vam arribar i vam baixar per aquella mateixa carretera cap a la meva esclavitud. Els vaig mirar amb impotència i ells em van tornar la mirada amb impassible gravetat.

—Nom?

—Kalil Mtube.

—Per què no tens papers?

—Sóc de Mali —vaig decidir explicar la veritat.

—De Mali? —va manifestar l'un.

—Què fas tan lluny de casa teva? —es va estranyar l'altre.

—He fugit d'un camp de treball. Un camp de cacau.

—Com que has fugit?

—Era esclau.

La seva bufetada em va agafar d'improvís. Gairebé va fer girar completament el meu cap. Va ser seca i dura. Massa temps sense cops. Va ser igual que tornar endarrere, a un passat no tan llunyà ni tan oblidat, cruelment real i pròxim en el temps.

—No hi ha esclaus a la Costa d'Ivori! —em va cridar el que acabava de pegar-me.

—Vols difondre mentides i fer propaganda negativa? —el va secundar l'altre.

—Com he arribat fins aquí, si no? —em vaig resistir a silenciar la veritat.

—Jo et diré el que ha passat! —va continuar cridant el primer policia, el que m'havia fet baixar del transport—. Tenies una bona feina i has robat al teu patró! Vet aquí el que ha passat!

—Exacte! —va assentir el seu company—. Ara t'escapes amb el producte del teu robatori, i els papers els té el teu amo perquè no els has pogut recuperar!

—No és cert...

—Calla!

La segona bufetada me la va donar l'altre, a la part oposada de la meva cara. El cap va tornar a rebotar sobre el coll i em vaig sentir atordit. Però ells duien un uniforme, i armes. No podia fer res.

—Et tancarem.

—A la presó segur que meditaràs.

—Llevat que confessis.

—Vols confessar?

Van ser quatre preguntes que vaig sentir com un bombardeig inquisidor.

—Confessar?

—T'ho posarem fàcil. Portes els diners?

—Porto els meus diners.

—No són teus, els has robat, recordes?

—Tant se val —li va dir el seu amic—. Ens els pot tornar i demanar perdó o ens pot pagar la multa, que pel que fa al cas és el mateix.

—Però si jo...

La tercera bufetada va ser molt més forta que les altres dues. Aquesta vegada vaig caure a terra, de cul. Vaig provar d'aixecar-me, però l'altre em va posar una dura bota negra sobre el pit.

—Vejam els teus diners —em va estendre la mà.

Podien prendre-me'ls si volien. Podien fins i tot matar-me i llençar el meu cadàver a la cuneta perquè em devorés el feram. No tenia escapatòria. Em vaig ficar la mà dreta a la butxaca dels pantalons i vaig treure els francs que en Masa Bissou m'havia donat aquell matí.

El policia els va agafar i els va comptar.

—Això és tot? —els va mostrar a l'altre.

—Ets un ximple. Per a la multa són suficients, però robar aquesta misèria...

—Sí, justament el que costa la multa.

La bota negra es va apartar del meu pit. No em van ajudar a aixecar-me. Ho vaig fer sol i de pressa.

—Toca el dos —em va dir el primer policia.

Vaig mirar la carretera, buida. Quants quilòmetres havíem rodat des de l'últim poble? Crec que es deia Bazra.

—Sense res?

—Ja t'ho faràs.

—Vols anar a la presó?

No volia anar enlloc amb ells. Em deixaven lliure. De nou sol i sense res. Però lliure.

—Si tornem a enxampar-te, et detindrem, d'acord?

—I sense diners per pagar una altra multa, aquesta vegada serà pitjor, ho entens?

Em vaig apartar d'ells. Eren odiosos, corruptes, males bèsties. Zippos i Manu Sibangos amb uniforme. Se suposava que ells havien de vetllar per les persones honestes i decents. Em deixaven abandonat enmig d'un país en el qual havia estat esclau durant dies, setmanes, mesos, anys...

Em vaig posar a caminar carretera amunt.

I ells van tornar al seu cotxe, es van repartir els diners i es van allunyar carretera avall.

Interrogants

Em trobava a tres-cents cinquanta quilòmetres de la frontera. Això és el que vaig deduir observant el mapa que em va donar en Masa Bissou i prenent com a referència aquell poble pel qual havíem passat feia estona, Bazra. Tres-cents cinquanta quilòmetres de sabana des de poc abans d'arribar a Séguéla.

Un món.

Un oceà de terra.

Impossible a peu, sense menjar, sense diners, sense papers.

La meva primera opció passava per fer autoestop, i suplicar que em portés una ànima bondadosa. Havia vist fer-ho a la sortida de Daloa, en una excursió aventurera que va organitzar en Masa Bissou. Però una cosa eren les rodalies de Daloa i una altra de molt diferent aquell món desconegut i poblat de saltejadors i bandits. Qualsevol sabia que existien. Qualsevol que, com jo, fos allà des de feia un quant temps. Per tant, no em recolliria ningú llevat que fos boig o inconscient.

La segona opció passava per abandonar la carretera i endinsar-me al bosc a la recerca d'aliments i aigua. El poc que duia al farcellet era per a aquell dia de viatge.

Vaig caminar.

Vaig caminar la resta del dia, seguint la carretera, vigilant que no tornessin els policies. De tant en tant, temptava la sort amb el polze estès. Però no es va aturar ningú. A la nit, vaig improvisar un llit en un arbre per ser lluny del terra, i vaig tornar a dormir a la intempèrie, incòmode i amb un ull obert. Era com si els mesos passats a Daloa no existissin. Igual que si l'Ama Naru i en Masa Bissou haguessin estat un somni meravellós. L'opció de tornar a Daloa amb ells, quasi cent quilòmetres enrere, tampoc no era senzilla. Risc per risc, preferia el d'acostar-me tant com pogués a la frontera.

L'endemà va ploure. I va ploure molt. Vaig quedar xop. La selva em va arrencar fins a l'última de les meves olors urbanes, i el pitjor va ser que em va immobilitzar de tal manera que ni aquell dia, ni el següent, vaig poder avançar gaire. No em va faltar aigua, però el menjar escassejava encara als arbres. M'hi enfilava i havia de disputar-lo a qualsevol animal. Un vell amic meu va reaparèixer gairebé de seguida. El tenia adormit al meu cor i es va despertar sense més ni més. Ho vaig saber tan bon punt el vaig reconèixer, cara a cara.

L'odi.

Havia deixat d'odiar, però això no significava que la pau l'hagués expulsat del meu ésser.

Ara, el meu odi tenia un altre color.

Abans era pur i simple. Odiava el meu pare per vendre'm. En Zippo, per comprar-me i portar-me. En Manu Sibango, per esclavitzar-me. El cuc de Guinea, pel seu dolor. Occident, per abaixar el preu del cacau i matar-nos. Era molt senzill.

Però en Masa Bissou m'havia ensenyat mapes, ciutats, rostres feliços. I també els havia vist al bar, a la televisió. Un no pot odiar allò que desconeix; en canvi, quan se sap més i més, i s'entenen les coses, l'odi és directe i ampli, abraça tot allò que un no és, tot el que serveix per culpar els altres del teu infortuni. Jo no tenia res i ells ho tenien tot. Abans era ignorant i, per tant, el meu odi era tan ignorant com jo.

Ja no ho era.

Així doncs, vaig odiar el món sencer.

Sabien que jo existia?

Coneixien la veritat?

Quina classe de món era aquell que vivia en la indiferència i girava l'esquena als altres?

En Mayele Kunasse em va parlar de l'egoisme. M'ho va advertir. I era veritat. Va dir que el món era cruel, amarg, perillós, i que els éssers humans s'odiaven entre si.

Així doncs, ple d'odi, jo era ja en aquell món.

En formava part.

—Benvingut —em vaig dir.

Al tercer dia va sortir el sol, però jo estava balb i molt sol.

Aquell va ser el dia que el meu destí, una vegada més, va tornar a canviar.

Bandits

Van aparèixer a la nit.

Eren homes armats. No pas guerrillers, perquè no hi havia guerrilles ni guerres a la Costa d'Ivori. Eren simples bandits, lladres, i també tractants en esclaus. Desvalisaven turistes i no turistes a l'empara de la gran massa forestal oberta entre Séguéla, Man, Duékoué i Daloa. Havia sentit parlar d'ells al campament d'en Manu Sibango, tot i que no es ficaven als camps de cacau. No els convenia. En canvi, sí que segrestaven persones. Per exemple, les poques que aconseguien evadir-se d'un camp, els qui travessaven la frontera buscant un món millor on viure i una feina digna, o tots aquells nens que hi hagués perduts vagant més enllà de les ciutats. Com jo.

No tots els tractants en esclaus els compraven per quinze dòlars. Uns altres els prenien de franc.

Vaig tractar de fugir, però ja no vaig poder. Vaig caure de l'arbre, i encara que em vaig regirar a terra, un cop de culata em va despertar del món dels somnis. Quan vaig recuperar la consciència era de dia i estava lligat. Em feia molt mal el cap i no hi veia bé amb l'ull esquerre, a causa del cop. Els vaig comptar. N'eren deu. El més jove devia tenir divuit o dinou anys. El que em va interrogar era el més gran, d'uns trenta. Duia una vella jaqueta verda amb galons.

—Qui ets? —em va preguntar en francès.

—En Kalil Mtube.

—D'on ets?

—De Mali.

—On vas?

—A Mali.

—Vas i véns molt de Mali, tu.

Ja no vaig saber què dir, de manera que vaig esperar. Sabia que no em matarien.

També sabia que era el final de la meva llibertat.

—Busques feina aquí o en fuges? —va continuar l'home.

—Busco feina —vaig mentir perquè no sabessin que fugia d'un camp.

—No tens papers —va somriure—. No tens res. Ni diners.

—No.

—Ets fort?

—No ho sé.

—I valent?

—Tampoc no ho sé.

—Vols lluitar?

—Lluitar?

—A la guerrilla.

—Quina guerrilla?

—La de Sierra Leone.

Als mapes, era un país pròxim a la Costa d'Ivori per l'oest, que era on em trobava jo, a l'altra banda de Libèria. En Masa Bissou m'havia parlat de la seva guerra, fratricida, terrible. Feia anys que durava. A la Costa d'Ivori hi havia cacau. A Sierra Leone, diamants. Els diamants no es menjaven però eren més valuosos que el cacau.

—Bons diners, noies, aventura... —el cap de la partida va fer un gest significatiu.

—No vull lluitar.

Em van estudiar durant uns segons. Van entendre que parlava seriosament. En van tenir prou de mirar-me als ulls. El dels galons va arronsar les espatlles i es va limitar a dir:

—Porteu-lo amb els altres!

Gàbies

Els altres eren catorze i eren dins de gàbies.

Nois com jo, engabiats com animals.

A mi em van ficar en una de les més petites, on n'hi havia dos més, un de més petit i un altre de més gran que jo. Amb prou feines hi cabien, de manera que, amb un de més, va ser difícil l'acomodació. Les gàbies tenien un terra de metall rovellat, brut i pudent pels orins i les defecacions. Les parets i el sostre eren formats per barrots de ferro prou durs per resultar sòlids, tot i la seva primesa. Els altres dos em van mirar recelosos, especialment el més petit, que semblava molt espantat. El més gran, en canvi, em va parlar quasi immediatament.

—Saps parlar? —va dir en francès.

—Sí —li vaig contestar.

—Encara bo. —Va deixar anar un profund sospir d'alleujament.— Aquest no m'entén ni l'entenc jo a ell. —Va assenyalar l'altre noi.— Ets guerriller?

De sobte tothom em parlava de guerrilles.

—No.

—Jo sí —va declarar amb orgull.

—A Sierra Leone?

—Sí —va accentuar el somriure.

—Què hi fas, aquí?

—Volia veure la meva esposa.

—Tens esposa?

—Sí, és clar. —Em va mirar com si fos blanc i no entengués res.— Tinc divuit anys.

—Per què lluites a Sierra Leone, si no és la teva guerra?

—Paguen bé, no com al cacau. I matar és divertit. Has mort mai ningú?

Vaig recordar l'Abdji Zedoua. No havia lamentat la seva mort, però tampoc me n'havia alegrat.

—No —vaig afirmar.

—T'agradaria. —En parlava igual que si parlés d'una cosa bonica, i això em va esfereir.— Agafes algú, li trenques els ossos mentre xiscla, i veus la por als seus ulls. Com més por té ell, més fort ets tu. El morabit del meu poble em va dir una vegada que som la suma de les pors dels altres, i que el nostre valor és la suma de totes les energies que els prenem. Per aquest motiu, jo sóc gran. Em diuen Big Ngu. *Big* significa «gran» en anglès.

—Matar és una cosa molt greu —va ser l'únic que se'm va acudir contestar.

—De quin món véns tu? S'ha de matar perquè no et matin. Talles el coll d'algú amb un matxet i saps que aquest mai més no et farà res. O li dispares als genolls i després li treus els ulls.

Em vaig esgarrifar.

—Sempre hi haurà un altre enemic.

—Sempre hi haurà guerres —i va arronsar les espatlles.

Vam quedar callats un moment.

—Ets estrany —em va dir finalment.

—M'he escapat d'un camp de cacau —em vaig defensar.

—Això té mèrit —va ponderar—. Eres esclau?

—Sí.

—I no mataries per la teva llibertat?

—Sí —vaig haver de reconèixer a contracor.

—Tu no ets d'aquí, oi?

—Sóc de Mali.

—Oh, ja ho entenc.

Em disposava a preguntar-li què significava allò, però no hi va haver temps. Alguns dels lladres tornaven i en Big Ngu va callar immediatament. Les seves últimes paraules, envoltades en un murmuri, van ser:

—Compte! No volen que parlem.

Violar

Vam passar quatre dies en aquella gàbia a la qual per moure's un havien de moure's els altres dos. Quatre dies escoltant en Big Ngu, mentre que el noi més petit mirava sense dir res, espantat. Quatre dies fent-nos les necessitats a sobre. Podíem orinar entre els barrots, però defecar era impossible; de manera que, després, calia recollir els excrements amb les mans i tirar-los a fora. Això si eren prou sòlids. Ens netejàvem als barrots o amb les vores del terra metàl·lic, i l'olor atreia centenars de mosques que no ens deixaven tranquils. Quatre dies en què només ens van donar menjar tres vegades. L'aigua era l'únic que no faltava. Quatre dies en què no ens vam moure d'allà, enmig d'enlloc.

Van portar un altre noi més, d'uns dotze anys. Plorava i es va resistir a entrar a la gàbia, de manera que van optar pel més senzill: deixar-lo inconscient d'un cop de culata. Ja n'érem setze. No n'hi cabíem més.

En Big Ngu em va parlar sense parar de la guerra, de la situació dantesca de Sierra Leone, de les matances despietades, de cada mort que recordava haver tingut a les seves mans, dels trofeus de guerra que havia perdut en ser capturat d'una manera tan estúpida.

—Ser detingut al meu propi país! —es lamentava—. Jo, en Big Ngu, el guerriller! És clar que no tinc documents! Un no va a la guerra amb documents! Però jo sóc d'aquí, anava a casa meva! Porcs lladres!

Vivia a Arrah, a l'est de Bongouanou, a l'altra banda del país, a prop de Ghana. Els seus ulls només adquirien un to humà quan parlava de la seva dolça Sikensi Ouaré, la seva dona.

—M'hi vaig casar als tretze anys —em va explicar—. La Sikensi Ouaré en tenia dotze i ja tacava amb sang les seves cames; de manera que era dona. És una bona esposa, i molt forta. Tenim dos fills. Només dos. Fa dos anys que no la veig ni sap res de mi. El meu grup s'havia refugiat a la frontera amb Libèria i vaig pensar... per què no ara? Així doncs, vaig venir a veure-la i a portarli les meves pagues, vaja, el que me'n quedava. Em vaig distreure, que estúpid! Em vaig distreure.

—Guanyaves molts diners?

—Oh, sí, molts. Dòlars. Dòlars americans. I saps què? Una vegada vaig tenir un diamant. —El seu pit es va inflar d'orgull.— Vaig matar un home que anava amb un tot terreny. Llavors van caure unes quantes bombes i el cotxe va sortir projectat en l'aire. L'home i jo vam anar a parar a una rasa i vaig haver de ficar el cap al fang perquè les bales s'encreuaven per sobre. Després vaig optar per amagar-me sota el seu cos i que el crivellessin. Al capdavall, ja era mort. I va ser llavors quan vaig notar la bosseta, i allò tan dur. Hi vaig introduir la mà i la vaig treure. A dins hi havia un diamant en brut. T'ho imagines? Hauria tornat al meu poble sent l'home més ric.

—Què se'n va fer?

—El vaig perdre —va lamentar—. Vam entrar en un poble, vam violar unes dones d'un casot, aquelles idiotes s'havien amagat totes juntes en un forat sota terra, i quan vam acabar amb elles vam beure i beure fins a emborratxar-nos. Quan em vaig despertar estava despullat, no hi havia ni rastre de la meva roba ni del diamant. No vaig saber mai què va passar.

—Vas violar... dones?

—És només un botí de guerra —va dir amb la naturalitat més gran.

Estàvem enganxats l'un a l'altre. No podia girar-li l'esquena. No podia fingir que no existia. No podia afrontar-lo. Això no obstant, em vaig sentir malament una vegada més, estrany i malalt. Vaig pensar en la Naya. En totes les Nayes violades pels depredadors de les guerres. Jo no era igual que ells. No sé per què, però no ho era.

En Big Ngu va interpretar el meu silenci com si fos part de la meva por.

—No t'amoïnis —em va dir, donant-me un cop al pit—. Quan ens n'anem, no et moguis del meu costat. Jo et protegiré.

Mar

L'endemà ens vam posar en camí.

Els lladres, encara que també els podria anomenar contrabandistes, traficants o qualsevol altra cosa semblant, van carregar les gàbies en dos camions, les unes sobre les altres, i les van lligar perquè no bolquessin. Nosaltres en teníem una a sobre, de manera que els orins i els excrements rellisaven pels barrots. Aleshores, els meus músculs estaven engarrotats. No podia posar-me dret i, com ja he dit, el moviment de l'un significava una cadena per als altres dos. Fins i tot en Big Ngu va deixar de parlar. Guerriller o no, estava tan espantat com qualsevol. I més quan va dir:

—Baixem cap al sud.

Durant dos dies, vam transitar per la selva més ombrívola a marxes forçades, de vegades a velocitats insignificants, per camins que no eren ni tan sols sendes per a animals. A la tarda del segon dia i a causa de les pluges, el primer camió es va encallar, i ens van fer sortir a tots: als de la cabina per alleugerir pes, i a nosaltres per ajudar a treure'l del fang. El nostre aspecte era patètic, mullats per la pluja, engarrotats per la immobilitat, famolencs. Molts no tenien forces per abandonar les gàbies i van rebre les «carícies» dels nostres raptors. Uns altres no podien ni posar-se drets. D'altres no tenien ni un àtom d'energia per empènyer. Però d'una manera o una altra vam aconseguir treure'l. El nostre premi va ser una ració de menjar —arròs ple d'aigua. Les condicions infrahumanes es van accentuar en els tres dies següents.

Una nit, un dels nois de la gàbia contigua a la nostra va embogir. Simplement va embogir. Primer van ser els seus crits, després els cops contra els barrots, amb el cap. Finalment un paroxisme catàrquic que els lladres van tallar copejant-lo fins a deixar-lo inconscient. Crec que per això la nit següent ens van deixar sortir per estirar les cames i desentumir els músculs. Van formar un cercle i ens van apuntar amb les seves armes.

—Podríem atacar-los —va xiuxiuejar en Big Ngu—. Moriríem uns quants, però la resta...

—Silenci! —el va apuntar un home només una mica més gran que ell.

Uns quants? No, tots. Amb prou feines teníem forces per a res. I encara menys per lluitar. Tot i que la mort potser seria el més pietós.

Vam tornar a les gàbies, i l'endemà tornàrem a transitar per aquells camins infernals.

Fins que ens vam reunir amb uns altres dos camions carregats de gàbies, i amb vint nens més d'entre onze i quinze anys aproximadament.

Vam sentir una forta discussió entre els homes que ens portaven i els altres.

—Heu trigat.

—Què volíeu, que vinguéssim per la carretera?

—Fa dos dies que ens esperem. I aquells? Semblen cadàvers. Qui els voldrà? Quant fa que no caminen ni mengen?

La discussió va ser forta. Però, des d'aleshores, cada nit, ens feien sortir de les gàbies i ens donaven una mica més de menjar: dues racions al dia. Les nostres condicions de vida van començar a millorar. I ho van fer més quan en l'últim tram del trajecte vam deixar els camins de la selva per circular per carreteres. Llavors van cobrir els camions amb lones perquè no ens veiés ningú. A dins la vida es va convertir en un forn abrusador. Un dels nens es va morir. El van abandonar en una maresma a l'alba, despullat.

Sempre cap al sud.

Ja no vam trigar gaire a arribar a la nostra destinació. Fins i tot en Big Ngu havia deixat de parlar. Cada petit alè, cada petita força de reserva era necessària.

Era de nit, no ho oblidaré mai. Els camions es van aturar, es van apagar els motors, i llavors, en el silenci de l'espera, vaig sentir una remor meravellosa i única. Una remor que em va parlar de paus que jo ni tan sols coneixia. Una remor tan plena d'esperança que em vaig preguntar, fascinat, si no devia ser mort i al paradís.

Havia arribat al mar.

Immensitat

Era negra nit, de manera que quan vam baixar dels camions a la platja, no vaig veure res més que una massa fosca i negra que rompia a la sorra formant mantells d'escuma blanca que anava i venia sense parar. No ens van deixar acostar-nos-hi, perquè era molt fosc. Ens van ficar dins un clos, com animals, i ens van deixar allà.

Sortir de les gàbies va ser una benedicció. Havia perdut el compte del nombre de dies que havíem estat amuntegats. Poder dormir estirat, sense tocar ningú, sense sentir una respiració a cau d'orella o rebre una puntada de peu inesperada a l'estómac. Poder fer les teves necessitats dret o ajupit. I sobretot, poder respirar l'aire pur de la vida.

Aquell aire feia una olor especial.

Salada.

Vaig passar la meva primera nit davant el mar escoltant, com un amanyac, el suau frec de les onades a la sorra. Em va fer dormir, em va acompanyar, i va ser el meu primer so en despertar-me. A l'alba, i quan encara no havia despuntat el dia, però sí amb prou llum perquè els meus ulls poguessin contemplar-lo, vaig veure aquella meravella, i vaig poder extasiar-me davant la seva poderosa bellesa i la seva estranya força. En Sibrai Buekeke m'havia dit que el mar era enorme. Doncs bé, a mi em va fer l'efecte d'un desert mòbil, un gran desert que en comptes de sorra tenia aigua. Més enllà s'obrien nous horitzons, esperances, llibertats, somnis. Potser els homes vivien en perpetu estat d'odi contra si mateixos, però potser era perquè no s'aturaven a veure el món que els envoltava, tan bell, tan únic.

Recolzat a la tanca, vaig passar aquells minuts de pau abstret en la contemplació del mar.

El meu mar.

Quan l'activitat va tornar a l'improvisat campament, ens van donar menjar i beure, i també ens van deixar banyar-nos. Ho necessitàvem. En grups de no més de deu, i estretament vigilats pels nostres raptors, ens vam endinsar a l'aigua; els uns molt seriosos perquè, com jo, era la primera vegada que veien el mar, i els altres feliços, xipollejant igual que nens en un llac. El primer que, demostrant saber nedar, es va allunyar més enllà del que era permès, va ser obligat a tornar amb una arma apuntant-lo. L'aigua era salada. Si no fos per la meva situació, aquell hauria estat un dels dies més feliços de la meva vida. Jo, en Kalil Mtube, de Mubalébala, Mali, havia arribat al mar.

De tornada al clos, en Big Ngu se'm va acostar per exposar-me la seva teoria sobre què fèiem allà i quin podia ser el nostre destí.

—Ens portaran lluny, amb vaixell.

—Amb vaixell?

—Sí, un enorme vaixell de ferro en el qual cabem tots, i molts més. I ens n'anirem d'aquí.

—Per què?

—Algú pagarà per nosaltres.

—Qui?

—No ho sé. Sempre hi ha gent disposada a pagar. Som joves, i quan mengem, tornarem a ser forts. Que potser no van pagar per tu a la plantació de cacau? És el mateix. —Va fer un gest d'amargura.— Pot ser que anem a parar a Sierra Leone.

—Quan em van capturar em van preguntar si volia lluitar a Sierra Leone i els vaig dir que no; llavors em van ficar a la gàbia.

—Era una prova. Si els haguessis dit que sí, t'haurien pogut matar en aquell moment. Jo també els vaig mentir. No volen guerrillers ni gent que sàpiga lluitar. Val més esperar. Sempre s'ha d'esperar.

—Has estat a més llocs, Big Ngu?

—Només a Sierra Leone i a Libèria, però a la guerrilla vaig estar amb soldats del Níger, el Camerun, el Togo, Benín... Són països d'aquesta zona.

—Ja ho sé. He vist mapes i sé llegir i escriure.

—Saps llegir i escriure? —es va sorprendre en Big Ngu—. Pagaran un bon preu per tu, i segur que tindràs una feina millor, amic meu. A la guerrilla, els qui entenen els mapes són oficials. Hauríem de continuar junts, tu i jo. La meva experiència i els teus coneixements serien això —va tancar el puny de la seva mà dreta amb força.

Vaig mirar el mar.

—I quan vindrà aquell vaixell? —vaig expressar en veu alta.

No hi va haver resposta.

Vam passar una setmana allà.

Menjàvem dues vegades al dia, quan podíem, parlàvem en veu baixa, passejàvem amunt i avall del clos, i cada matí, a l'hora que el sol era més fort, ens banyàvem en grups de set o vuit. Per a mi, era el moment sublim, el més esperat. Em llançava a l'aigua corrent per entrar-hi el primer, i en sortia l'últim. Xipollejava, trencava les onades, deixava que em cobrissin amb la seva dolça força, i treia el cap com si fos un nen infantat a la vida. Els homes de les armes m'anomenaven *Peix*. En Big Ngu era *Pal*. Cadascú tenia el seu malnom.

A molts, l'aigua continuava sense agradar-los. Quan tornava al clos, em llepava la pell. Era un sabor nou.

I a l'últim vaig defugir en Big Ngu, fart de les seves històries de saqueig i mort, i de les seves aventures, i dels records de la seva esposa, tot i que almenys aquests eren amables. El meu únic record amb una dona era el contacte de la Naya i el petó de l'Ama Naru. Però sabia el que passava al meu cos perquè havia fregat el de la Naya. Coneixia els canvis i les sensacions. Així doncs, les paraules d'en Big Ngu em feien mal. Havia estat feliç, s'havia casat als tretze anys i tenia dos fills. Si es moria, deixaria una empremta en aquest món, mentre que jo...

Jo amb prou feines havia existit.

La vaca que el meu pare va poder comprar amb el que li van pagar per mi era el meu llegat.

La cinquena nit, un de nosaltres es va escapar.

No ens vam assabentar de res fins que vam sentir el

primer crit i, després, el primer tret. Ens vam aixecar espantats i vam mirar al nostre voltant. Els homes armats corrien cap a l'arbreda que dominava el turó darrere el qual naixia la platja. La segona detonació va anar acompanyada d'un crit de dolor.

—Ja està!

—Per allà!

—Que no s'escapi!

No es va escapar. Els crits es van sentir durant molta estona, moltíssima. Vam comprendre que no el torturaven per castigar-lo, sinó perquè el sentíssim nosaltres i oblidéssim qualsevol intent de fugida. Cada crit era més espantós que l'anterior, i el pobre desgraciat ho va fer durant deu o quinze minuts. En Big Ngu era dels pocs que no es van immutar. Estava familiaritzat amb la mort. Formava part del joc. Del seu joc. Finalment, vam sentir un tret, i en acabat...

Silenci.

Al matí ens vam mirar els uns als altres intentant esbrinar qui faltava. Es tractava d'un dels nens dels camions que ens esperaven. Ningú no va dir res, ni els seus companys de gàbia. Tot eren mirades fugisseres.

L'intent d'escapada va fer posar de mal humor els homes armats. Ens van castigar sense un dels àpats, el de l'endemà, però no a quedar-nos al clos sense anar a la platja. Jo m'estimava més banyar-me que menjar. En Big Ngu em va dir que era boig. Així:

—Tu ets boig.

—Tant de bo. Deixaria de pensar.

—Tant se val treballar en un lloc o en un altre, o tenir un amo o un altre! L'important és viure.

La pell de la memòria d'en Big Ngu era fràgil.

Vaixell

El vaixell era allà, davant nostre, enmig del mar, a l'alba del vuitè dia.

Els homes armats van victorejar la seva presència, i nosaltres vam comprendre que aquell era el nostre destí. Ens portés on ens portés. Em vaig preguntar com devia ser el mar vist des del mar. I això em va aterrir. Quin món ocultaven les aigües? Quina profunditat devien tenir i quins animals les devien poblar? De sobte, el mar se'm va fer irreal i fosc, tenebrós i mortal.

Unes velles llanxes ràpides, que flotaven de miracle, van arribar al cap de molt poc, i els homes que hi anaven van saludar els que ens custodiaven. No vam sentir res, però van beure i van celebrar la trobada. Des d'aquell instant, l'activitat va ser frenètica. Ens van organitzar per grups i ens van fer pujar a les barques. En el primer viatge hi van anar els més petits. Les llanxes van tornar i en el segon van marxar uns altres dotze nois. No n'hi cabien més. A en Big Ngu i a mi ens va tocar el tercer. Ens van fer pujar en una d'aquelles barques i ens vam asseure junts. Tots dos tremolàvem. Érem homes de terra, no pas d'aigua. La barca va començar a balancejar-se.

—Estigueu quiets! —ens van advertir—. Si caieu a l'aigua, morireu ofegats. Un de sol pot ser responsable que morin els altres, entesos? A nosaltres no ens passarà res perquè portem això —es van tocar unes armilles de colors, inflades, que duien sobre el pit—, però vosaltres us n'anireu al fons, per ser devorats per peixos que us arrencaran els ulls i se us menjaran les pilotes —es van tocar l'entrecuix amb les dues mans perquè sabéssim de què parlaven.

Després, el motor es va posar en marxa i ens vam apartar de la costa. El balanceig va augmentar quan la barca va començar una esfereïdora cursa per sobre d'aquella foscor líquida.

Jo em vaig aferrar a la llanxa, vella i bruta, amb els ulls dilatats per l'espant. En Big Ngu era un mirall. Un dels homes va riure. La terra es va allunyar a tanta velocitat que vaig pensar que aviat deixaríem de veure-la. I aleshores...? Com es guiaven els homes al mar? Pels estels? I si no hi havia estels?

—Seu o et mato aquí mateix!

En Big Ngu s'havia posat dret.

El vaig estirar. La seva cara era un espant.

—Big Ngu —vaig suplicar—. Vas dir que viure era l'única cosa important.

L'arma es va carregar. L'espetec preludiava el tret. Vaig tornar a estirar el meu company, no pas el meu amic, que va reaccionar asseient-se de nou. La línia de la costa ja no era res més que un contorn perfilat a la distància. La forma del vaixell, al contrari, s'engrandia cada vegada més davant nostre. I era un gran vaixell.

A mi m'ho va semblar.

Com una bandada d'elefants junts.

I de ferro.

—Com flota... allò? —vaig quequejar.

Les llanxes ràpides es van aturar al costat del vaixell. Una xarxa penjava d'un dels costats. No era fàcil abandonar la barca i enfilar-s'hi. El balanceig a alta mar era molt més fort. Però, per descomptat, caure a l'aigua significava la mort, de manera que, un per un, ens vam aferrar a la xarxa disposats a pujar-hi. Jo vaig sortir com un llamp. Era un bon grimpador d'arbres. Vaig arribar a dalt i dos homes em van subjectar. Amb prou feines vaig poder veure el lloc. Als pocs passos s'obria una trapa al terra i em van obligar a ficar-m'hi.

Vaig baixar per una escaleta mòbil.

I vaig veure l'horror.

Vaig descobrir com és de petita la vida i com és de gran la ignorància del món.

O la seva ceguesa.

—No... —vaig gemegar.

—Baixa! —em va etzibar un.

Vaig baixar.

Per ser un més dels dos-cents espantats, tristos i amuntegats nens i adolescents que contenia la bodega del vaixell.

Captius

Ja havia vist moltes coses. Era gairebé un expert en la tortura de l'ànima. Però no vaig poder imaginar mai res semblant. No tinc paraules per definir aquelles imatges. Ni tan sols tinc forces per descriure cada tret, cada mirada, cada gest. Formàvem una petita gran comunitat d'ànimes buides, de no-res. Més de dos-cents nens llançats a la panxa d'un vaixell que ens va devorar amb la seva gana voraç.

Em vaig preguntar si aquells homes, els de la platja o els del vaixell, devien tenir fills.

Només això.

En Big Ngu tremolava. Per primera vegada ens vam tocar, i ens vam abraçar, i ens vam sostenir l'un a l'altre. La comprensió d'allò ens va desbordar. El silenci de dues-centes persones és un crit a la raó. I era un gran silenci. Era un espantós silenci. S'apoderava de cadascú igual que el cuc de Guinea quan niua dins teu. Creixia a l'estómac, et mossegava per dins, i després buscava la manera de sortir. Però aquell cuc no s'escapava pels ulls o pel sexe, sinó que arribava al cap, i allà esclatava una vegada i una altra. Una vegada i una altra.

Van baixar els últims, vam esperar que les llanxes ràpides portessin els que quedaven a la platja i, llavors, la trapa es va tancar amb un estrèpit metàl·lic.

Vam quedar a les fosques.

La pudor ens va copejar de sobte. Ja existia, ja era allà, però no la vam notar fins que ens vam quedar sense aire, sense el rectangle de cel que vèiem a través de la trapa oberta. Algú es va posar a plorar. Algú el va fer callar. Tots necessitàvem el petit indici de valor que ens permetés resistir.

Finalment, el vaixell es va posar en marxa.

EL VAIXELL

Soledat

El pitjor dels primers dies no va ser la foscor, van ser els vòmits provocats pels marejos i aquella sensació de ser morts en vida. Tot el meu cos va entrar en una mena de dolor sostingut que em va enterbolir la ment i em va engarrotar cada múscul. Els crits de molts van caure en la més absoluta indiferència. Si els camps de cacau eren cruels, allò superava tot l'imaginable. No ho entenia. Era impossible que ningú entengués el perquè d'aquell horror. Però més que mai vaig acceptar l'evidència: si volia sobreviure havia de ser fort, esperar, i esperar, i esperar.

Encara que cada segon a l'infern fos una eternitat.

Obrien la trapa només una vegada al dia. Primer, introduïen una mànega i ens dutxaven —l'aigua netejava els vòmits que omplien el terra—. Tot seguit, ens baixaven unes galledes amb aigua sobre la qual ens precipitàvem sense ordre ni control. Finalment, ens tiraven el menjar. Literalment: ens el tiraven. Semblàvem pollets, perquè els més forts l'aconseguien i els més dèbils no. Els mateixos homes del vaixell comprenien que perdre'n alguns formava part del risc. Tot i que érem esclaus, no tractaven de cuidar-nos per obtenir més beneficis; al contrari, els importàvem ben poc. No érem res més que mercaderia. Al cinquè dia es va morir un nen d'uns onze anys. Vam cridar molt, però no el van treure d'allà fins l'endemà. El segon nen es va morir al setè dia. Aleshores la bogeria ja s'havia apoderat de la majoria. En Big Ngu i jo estàvem junts. Aliats. Parlàvem poc, però en la foscor de la bodega els nostres cossos es fregaven, tranquil·litzant-nos. És curiós que a l'últim em fes amic d'una persona que hauria menyspreat en circumstàncies normals; però diuen que, en determinats moments, la vida et dóna estranys companys.

Quan es va morir el segon nen, vam començar a copejar les mampares metàl·liques de la bodega, i no vam parar. Van transcórrer unes quantes hores, però vam aconseguir el nostre objectiu. La trapa es va obrir i els homes ens van apuntar amb les seves armes. Van dir que ens matarien, però no ens ho vam creure. En aquell moment es va notar que en Big Ngu era un guerriller i un valent. Va ser un dels dos que van parlar. Van demanar que poguéssim pujar a prendre l'aire. A canvi, ens portaríem bé. Els del vaixell es van reunir i, al cap d'una estona, la trapa es va tornar a obrir. Van acceptar les nostres peticions.

Des d'aquell dia ens deixaven pujar a la coberta al capvespre. El nostre aspecte era lamentable, però aquell únic privilegi va contribuir a aixecar-nos la moral. Passàvem un parell d'hores amb el cel sobre els nostres caps i el mar envoltant-nos pertot arreu, amb el vent recordant-nos que continuàvem vius.

No veure terra enlloc era esglaiador.

Follia

Vam saber que alguna cosa dolenta succeïa la segona vegada que el vaixell es va aturar.

Abans d'això, en Big Ngu em va indicar que navegàvem cap a l'est, pel golf de Guinea. La nostra destinació podia ser qualsevol dels països riberencs, Ghana, el Togo, Benín... Avui sé que això no és possible, perquè justament aquests països no són «receptors» de nens esclaus, sinó «proveïdors». Probablement anàvem a Nigèria o al Gabon.

Quan el vaixell va tirar l'àncora la primera vegada, no ens van deixar pujar a la coberta en dos dies. Sentíem crits a dalt, enuigs, baralles. Vam esperar esdeveniments, però no es van produir. El vaixell es va posar novament en marxa i vam tornar a coberta. Alguna cosa havia succeït. Els rostres dels homes estaven tensos, el tracte era diferent, més cruel i nerviós. El capità no va sortir del seu pont de comandament, segons em va fer notar en Big Ngu. Pel que sé, el que vaig deduir i el que em va dir el meu company, els nostres segrestadors eren una barreja de gent de diferents països de l'Àfrica. Tots eren negres, no hi havia blancs.

La segona vegada que ens vam aturar va ser durant tres dies.

A la tarda del tercer, vam sentir un soroll estrany, inquietant, que venia de dalt, una cosa així com si el cel s'obrís. Era un «zup, zup, zup» continu i persistent. Molts es van arremolinar presos del pànic, però la veu d'en Big Ngu, al meu costat, em va tranquil·litzar.

—És un helicòpter —em va dir—. Jo he volat amb un.

Jo havia vist avions, al cel, i en una revista d'en Masa Bissou, però no pas helicòpters, de manera que en Big Ngu me'ls va descriure. La pregunta era: què hi feia un helicòpter, allà? Només hi havia dues respostes: o ens traslladarien fins a terra o algú acabava de descobrir el vaixell.

Quan l'helicòpter se'n va anar, els crits dels homes es van multiplicar. En el silenci de la bodega vam aconseguir sentir algunes frases soltes.

—... matar-los!

—Que voleu que ens detinguin per...?

—... ara... o serà tard...!

El vaixell es va posar en marxa de nou.

No vam tornar a sortir a la coberta.

I es van morir dos nens més en aquells dies en què es va decidir la nostra sort.

Era evident que havíem deixat de tenir valor per a ells. Es va acabar el menjar. Es va acabar l'aigua. Es va acabar tot. Ens volien morts, o dèbils per no oferir resistència. Així doncs, quan ho vam comprendre, la follia es va desfermar entre nosaltres amb totes les seves conseqüències.

Avui sé que aquell vaixell va navegar més de dos mil quilòmetres amunt i avall del golf de Guinea, i que no va poder arribar a Nigèria, al Camerun ni al Gabon. Ho sé perquè ho he llegit. Per algun motiu, la nau va ser descoberta i la seva entrada va ser vedada als diferents ports als quals es va acostar. Tampoc no ens van poder desembarcar en cap platja perduda. Així doncs, em vaig equivocar en una cosa: el món sí que sabia de nosaltres i, en el nostre cas, va reaccionar. L'únic que puc dir ara és que, si m'haguessin donat una arma, jo hauria matat.

Finalment m'havien convertit en una bèstia.

Raons

Havíem perdut la noció del temps; la foscor, la manca de menjar i aigua, van aconseguir el seu objectiu. Amb prou feines parlàvem per no malgastar forces. Els gemecs dels moribunds es multiplicaven. Només en Big Ngu era capaç de raonar enmig d'aquella fatalitat.

—Potser ja se'ls ha acabat el menjar, perquè no creien que estarien tants dies amb nosaltres al mar. Però penso que ens mataran, i volen que estiguem tan dèbils com puguem.

—Per què? —vaig preguntar a en Big Ngu.

—El vaixell ha tingut dificultats per arribar a la costa i desembarcar-nos. Alguna cosa ha succeït. Aquell helicòpter ens buscava o deu haver donat l'alerta, de manera que ara no tenen on anar, i encara menys amb nosaltres aquí dins. Per arribar a un port, abans hauran de fer-nos desaparèixer. Som la prova. Sense prova, no passa res.

—Qui sap que som aquí?

—Algú.

—Qui?

—No ho sé. Serà bo si arriben a temps i ens volen ajudar. I serà dolent si triguen o no saben on som.

—Importem a algú?

—Oh, sí —vaig sentir la rialla buida d'en Big Ngu—. Quan combatia a Sierra Leone hi havia molta gent, sobretot blancs, tractant d'impedir tot allò. Parlaven molt i feien poc. Van arribar a dir que Europa no compraria més diamants per evitar així el finançament de la guerra. Però els diamants van continuar sortint. Hi ha gent a la qual importem, Kalil Mtube, però són lluny. I els qui són aquí no ho tenen fàcil.

—En Manu Sibango deia que la culpa de tot la tenen els qui compren el cacau tan barat.

—El cacau, els diamants..., tant se val! Fa centenars d'anys ens portaven a Amèrica per ser esclaus. Avui som nosaltres els qui ho fem. Potser és veritat que, mentre siguem mà d'obra barata, el món blanc continuarà aprofitant-se'n, però ara ens matem entre nosaltres mateixos.

—No vindrà ningú a salvar-nos, veritat?

—No ho sé. —Hi havia un indici d'esperança a la seva veu.— A Sierra Leone he vist gestos de persones que no tenien res a veure amb la guerra sacrificant-se per desconeguts, ajudant: metges, cooperadors, sacerdots...; de manera que... per què no? L'inconvenient és que el vaixell ha tornat a anar-se'n, i buscar un vaixell al mar és com buscar un còdol blanc a la riba d'un riu plena de còdols de colors. Potser no saben on som, i potser no arribaran a temps.

No vaig imaginar mai que en Big Ngu fos tan llest. Però ho era. Les seves paraules reflectien tota la realitat. La va encertar de ple. Era algú que no sabia llegir ni escriure, però la guerra, sens dubte, l'havia fet un home. Coneixia la naturalesa humana i el color de la seva ànima. Era escèptic, realista i pragmàtic.

Aquella va ser la nit de la matança.

Es va obrir la trapa, ens van apuntar, i ens van fer pujar en grups de vint. Quan el primer va ser a dalt van tancar la trapa, però vam sentir igualment els seus crits en ser llançats a l'aigua. També vam sentir un parell de trets per convèncer els reacis o eliminar-los sense més contemplacions.

A baix vam comprendre que era la fi, que moriríem.

Oportunitat

El negoci se'ls n'havia anat en orris. Estaven de mal humor. Abocaven sobre nosaltres la seva ira. I és trist que per a l'home un altre home no sigui un igual, sinó una bèstia, algú prescindible. Nosaltres no érem res per a ells. Bé, sí: diners. Sense diners...

Moriríem tots, i la idea, lluny de resultar alliberadora, em va semblar horrible, espantosa. No volia morir. De sobte, l'única cosa que desitjava era viure. Res no té gaire sentit, però encara menys la mort, i més als quinze anys.

Va pujar un segon grup de vint.

Vam tornar a sentir els crits, i aquesta vegada només un tret.

El tercer grup ja no va voler pujar. Ens vam amuntegar a les parets de la bodega cridant. Fins els més dèbils, que amb prou feines s'aguantaven drets, es van aixecar per buscar una sortida on no n'hi havia. Un dels homes va disparar un tret, i un dels nens de baix va caure mort.

Els altres es van tornar bojos. Un segon tret i un segon mort van decidir la sort. Els homes van assenyalar els qui havien de pujar en aquell torn.

—Tu, tu, tu...!

Vam pensar que era millor morir a dalt que allà baix. Així doncs, va pujar el tercer grup.

En Big Ngu i jo estàvem junts, al fons. Teníem més forces que els altres. Estàvem més endurits, ell per la guerra i jo pel treball als camps d'en Manu Sibango.

—Quan pugem queda't amb mi —em va xiuxiuejar—. Potser tindrem una oportunitat.

—Oportunitat? —Em van petar les dents.— Ets boig? Quina oportunitat?

—Un vaixell és una cosa molt complicada. Hi ha molts buits.

—Ens tiren a l'aigua o ens maten a la coberta!

—Deixa que saltin els altres, endarrereix-te. Quan jo t'ho digui, corre.

El vaig mirar com si fos boig. Era de nit, no encenien els llums per no donar pistes sobre el seu parador, però ens il·luminaven amb llanternes i per la trapa entrava la resplendor de dalt.

—Córrer? Cap a on?

En Big Ngu no em va contestar. No tenia la resposta. Va pujar el quart grup.

Els dies passats allà dins havien estat monòtonament amargs. El temps no existia. Ara l'amargura era desesperant i el temps sí que comptava. Corria desbocat. Al quart grup, el va seguir el cinquè, el sisè...

En Big Ngu i jo vam ser seleccionats en el setè.

—Tu i tu! —ens va ordenar un dels homes mentre ens apuntava amb el seu rifle.

Vam pujar per l'escaleta. Anàvem els últims d'un grup de vint. Així que vam sortir, vam veure l'evidència: cap dels qui havien pujat no era allà. Els homes, mitja dotzena, ens apuntaven formant un passadís fins a la borda. Hi havia sang a terra.

—Vinga, salteu!

El primer no va voler fer-ho. Era un nen d'uns dotze anys. Un home li va enfonsar la pistola al front.

—La costa és allà mateix! —va cridar un altre—. No la veieu perquè és fosc, però és allà ben a prop!

En Big Ngu em va fer mirar endarrere. Hi havia una escaleta que pujava i un passadís a la seva dreta que anava directament a una porta oberta.

—No sabem nedar! —va dir algú.

El de la pistola va disparar, i al lloc en què un segon abans es trobava el cap del nen, va aparèixer de sobte una explosió de sang.

—Salteu!

El segon va saltar a l'aigua, i el tercer. El quart, el van haver d'empènyer. Uns altres dos es van resistir. La meitat dels homes va acudir en ajut del primer per tirar-los per la borda. Van deixar de prestar atenció als altres. Nosaltres dos ens trobàvem en una zona fosca, i el passadís quedava fora de la vista dels qui ens custodiaven.

Aquella va ser l'oportunitat que esperava en Big Ngu.

—Ara! —em va xiuxiuejar a l'orella.

Recerca

Ens van disparar.

Però l'avantatge era nostre.

La bala va rebotar a prop de la meva orella i es va perdre en algun lloc. Quan vam sentir el segon tret, ja ens havíem ficat per la porta oberta al final del passadís, corrent encorbats.

En Big Ngu anava el primer. Jo el seguia. Els meus moviments tenien la coordinació d'un ànec marejat, però l'alè de la mort al meu clatell posava ales als meus peus. No hi va haver un tercer tret, però sí molts crits aïrats a la nostra esquena.

—Tireu-los a l'aigua, aquests!

—Compte, que no se separin!

—Atrapeu aquell!

—N'eren dos!

—Segur?

—No, n'era un de sol!

—Merda, atrapeu-lo!

Vam baixar per una escaleta que vam trobar a l'altra banda de la porta de coberta. Tots els homes del vaixell devien ser a dalt, perquè no vam ensopegar amb ningú. Els nostres peus descalços no feien ni el més petit soroll, tot i que panteixàvem com locomotores velles i mal greixades.

Una altra escaleta descendent.

—Com més baixem, millor! —va cridar en Big Ngu—. A baix és un laberint!

—Com ho saps?

—Ho sé.

Jo vaig pensar que també era una trampa mortal, sense sortida, sense escapatòria possible. A fora hi havia el mar. Allà dins, el camí a enlloc. Tanmateix, follia o no, continuàvem vius.

Uns minuts més.

Aquell era un vaixell molt vell, vellíssim. Estava més per al desballestament que per recórrer el mar. Per dins estava brut, mal il·luminat i pitjor ventilat. Passadissos, cabines inservibles, rovell. En Big Ngu va obrir un parell d'escotilles. En un forat va trobar una destral i se la va emportar. Darrere nostre les veus ressonaven, rebotant en aquelles parets de ferro en forma de sinistres ecos.

—Idiota, on creus que vas? —es va burlar una veu.

—Et dic que n'eren dos!

—Ni que estiguessin organitzats! Aquestes bèsties no pensen!

—T'arrencaré els ulls abans de tirar-te a l'aigua!

—Mireu allà!

Vam baixar per l'enèsima escaleta. En Big Ngu va obrir una porta i vam trobar un accés a la sala de màquines. Allà sí que hi havia un home. El vam veure controlant un aparell rodó i amb una agulla. Va tancar la porta i va dubtar un sol instant. En realitat, únicament podíem anar per la dreta o per l'esquerra. Es va orientar i es va dirigir cap a l'esquerra.

Vam arribar a una petita bodega plena d'estris.

Però a la dreta hi havia alguna cosa més: una mena de passadís estret, a tall de canal de ventilació, que s'introduïa a les entranyes del vaixell, horitzontalment.

—Fica't allà! —em va ordenar en Big Ngu.

Hi vaig entrar el primer, gatejant. Després ho va fer ell amb la seva destral. El passadís girava a l'esquerra al cap de dos metres. No podíem estar drets, sinó ajupits, però ens podíem moure. Una rata va fugir en veure'ns aparèixer.

Ens vam asseure, panteixant, i vam esperar.

Ells no van trigar a arribar.

S'havien repartit. Els uns, per un costat, i els altres, per l'altre. Fins a la bodega en van arribar dos. Vam sentir el frec de les seves petjades i la fatiga de la seva respiració. Un d'ells va tossir.

—Per què no anuncies que som aquí cantant, estúpid? —li va dir l'altre.

Van començar a escorcollar la petita bodega, els estris que hi havia amuntegats. En Big Ngu va treure una mica el cap per veure'ls i em va fer un senyal, amb l'índex sobre els llavis, perquè no fes soroll. Però també em va indicar que mirés al meu darrere. Jo vaig girar el cap. El passadís s'acabava allà. Per dalt, i gràcies a la resplendor de les llanternes, vaig veure un tub de respiració molt estret. No tenia agafadors, però sí uns forats i unes plaques desencaixades que permetien pujar-hi. No es veia el fons. Per baix, el passadís s'estretia. Si optàvem per aquell camí, hauríem de reptar l'un darrere de l'altre. I si ells ens trobaven, amb un tret n'hi hauria prou.

—Mira allà.

—Creus que em ficaré en aquell forat?

—És només una criatura! Què vols que et faci, mossegar-te?

—Et dic que n'eren dos!

—Primer dispara i després fica-t'hi!

—I si la bala rebota? Ets boig?

El francès de l'un era correcte; el de l'altre, xampurrejat. No sé per què, en aquell moment vaig pensar en la Naya, i en en Masa Bissou, i en l'Ama Naru. Potser m'acomiadava d'ells.

En Big Ngu va aixecar la destral.

L'home va entrar. Van ser uns llargs segons d'espera. Jo vaig mirar la prolongació del passadís per sota, i el tub de ventilació per sobre. Vaig haver de decidir, i vaig triar pujar abans que reptar sense poder aixecar-me. Els dies passats a la gàbia havien estat terribles pel simple fet de no poder posar-me dret. No volia encongir-me més. Vaig estirar les mans i vaig buscar el primer suport.

El que va succeir tot seguit va ser molt ràpid.

L'home va ensopegar amb en Big Ngu de cara, amagat a les fosques. Abans que pogués fer o dir res, la destral del meu company ja s'havia incrustat al seu cap i l'hi havia partit en dos. El seu crit va ser dantesc. I s'hi va afegir la veu de l'altre.

—Emmanuelle!

Jo vaig començar a pujar pel tub.

La tempesta es va desfermar en el mateix moment en què agafava la primera embranzida. La pluja de bales devia crivellar tant el mort Emmanuelle com en Big Ngu. Vaig sentir els seus gemecs. Cada bala que li penetrava el cos sonava com un xiulet.

Després, aquell cos caient a plom a terra.

Jo vaig continuar pujant, assegurant cada moviment de mans i peus, tallant-me amb els ferros esmolats sense sentir el dolor. Estava cec de por, de ràbia, de desesperació. Vaig pujar més i més fins que vaig trobar un buit més gran, un simple forat, i m'hi vaig ficar.

Allà vaig aguantar la respiració tant com vaig poder.

Escorcoll

Van arribar fins al tub de ventilació, però no s'hi van enfilar. Van cridar, per espantar-me, sense saber si hi havia algú, si era allà; però no em vaig moure. Continuaven discutint sobre si n'érem un o dos. Quasi no m'ho podia creure. Van retirar els dos cadàvers i, tot i que durant mitja hora les seves veus no es van allunyar gaire, al final se'n van anar, i em van deixar sol.

—És una trampa..., és una trampa..., és una trampa..., és una trampa.

Vaig continuar quiet.

Era una trampa.

Gairebé al cap d'una hora vaig sentir un frec, i un sospir, i un petit renec. Algú, molt a prop meu, acabava de tallar-se en provar de pujar pel tub.

—Què passa? —va preguntar una veu rompent el silenci.

—M'he tallat. Diantre, és impossible que algú hagi pogut enfilar-se per aquí, això és molt estret!

—Ho ha pogut fer si era una criatura.

—Doncs puja-hi tu!

—On porta aquest conducte?

—I jo què merda vols que sàpiga! Fa el mateix temps que tu que sóc en aquest fotut vaixell! Tres setmanes!

—Si n'hi havia un altre ha de ser per aquí.

—I si n'hi ha un altre i porta una destral...! Bah, a la merda!

Una llanterna va il·luminar el tub, cap amunt. Em vaig aplanar al meu forat. Es va apagar en no trobar res sospitós.

El cos va retrocedir. Suposo que va arribar fins a un metre, més o menys, del forat on jo m'amagava.

Va tornar el silenci.

Aquesta vegada sense trampes, tot i que jo vaig continuar tan immòbil com abans.

Després vaig plorar per en Big Ngu. Havia torturat i mort persones, en aquella guerra de Sierra Leone, però a mi m'havia salvat la vida. No tornaria mai més a veure la seva dona i els seus fills. Ningú no sabria res d'ell.

Ningú.

En Big Ngu tenia raó: un vaixell és un món, i té molts forats, encara que sigui una closca mig morta com ho era aquell. La set m'abrusava i la gana em feria, i a pesar d'això em vaig adormir en aquell lloc, vençut per tota la tensió anterior. Em vaig adormir i no sé quant temps vaig romandre allà, però devia ser molt de temps.

Quan em vaig despertar, no havia canviat res.

Forces

Ignoro el temps que vaig passar amagat al forat del tub de ventilació de les entranyes del vaixell. No ho sé. Podia ser un dia, dos, tres..., una setmana. No, no crec que fos una setmana sense menjar ni beure, immòbil. Però, per descomptat, sí que va ser molt temps. Tot estava en silenci allà baix. Se sentia únicament la remor de les màquines. I al final, ni això. El vaixell tornava a estar aturat.

Tenia por de sortir, que em descobrissin i em matessin. Però també temia morir-me allà. Al cap d'un dia, setmanes, mesos o anys el vaixell seria desballestat i hi trobarien un esquelet. I si anava a pic... ni això.

Quan finalment vaig decidir arriscar-me, embogit per la set, al límit de les meves forces, vaig descobrir que em sentia massa dèbil i paralitzat per moure'm, i que els membres ja no em responien. No era un ésser humà. Era una voluntat i poca cosa més. Voluntat de subsistència, la rebel·lia final. El poc que quedava de mi flotava com un núvol inconscient al voltant del meu darrer alè.

Em vaig pessigar les cames, les vaig copejar, vaig buscar la manera que es tornessin a sentir vives. Vaig fer el mateix amb els braços. Quan finalment em vaig poder moure, vaig sentir febre, cremar parts del meu cos que ni tan sols sabia que existien. Si volia robar aigua o menjar havia de recuperar la meva agilitat. Bé..., suposo que encara creia en els miracles. No deixava de repetir-me que era viu, viu, viu.

Em vaig arrossegar fins a la vora del tub. La foscor era total, de manera que calcular la distància fins a baix era absurd. Recordava l'estretor, els ferros trencats, els forats, els mil petits paranys que vaig observar en pujar. Però no vaig tenir altre remei que intentar-ho. Primer vaig treure el cos, d'esquena, subjectant-me amb colzes i braços. Vaig buscar on recolzar els peus. Després vaig fer un esforç final. Vaig iniciar el descens.

No ho vaig aconseguir.

No crec que baixés ni un metre, tot i que no sé tampoc quant vaig caure. Ho recordo dins d'aquell gran malson simplement com una part més. Vaig perdre peu, les meves mans no van aconseguir la coordinació necessària ni la força per sostenir-me. Em vaig esgarrapar el cos, vaig sentir un miler de fiblades en ferir-me amb les vores i els sortints rovellats i, quan vaig arribar a la base del tub de ventilació, vaig sentir amb claredat, molt abans que el dolor m'arribés al cervell, l'espetec del meu peu dret en trencar-se.

Ja no em vaig poder moure més.

I llavors sí: em vaig rendir.

Vaig veure la meva mare.

El país dels estels.

I vaig sentir la seva veu.

—Fill...

Jo no vaig contestar.

I ella va insistir.

—Fill...

Vaig obrir els ulls i vaig veure els estels. Tots espurnejaven per mi. Tots es conjugaven en aquella harmonia suprema. L'univers sencer es movia.

—T'estic parlant.

—Mare...

—Surt.

—No... puc...

—Et criden.

—Em volen matar.

—No, ells no. Escolta, Kalil Mtube. Escolta.

Escoltar?

Què havia d'escoltar?

Vaig tornar a obrir els ulls, però aquesta vegada de veritat, no pas en somnis. No estava de cara al cel, mirant el país dels estels, sinó on havia caigut, al passadís, al peu del tub de ventilació. Un altre dia, dos o tres més. I continuava viu. Ple de febre, mort de fam i set, amb el peu trencat, però viu. Si m'arrossegava fins a la petita bodega...

Vaig veure una resplendor.

I també vaig sentir veus.

—No hi ha res, senyors.

—Busquin bé. No deixin cap forat per examinar.

—Ja els ho vaig dir, senyor. Aquí no hi ha res, res! Valga'm Déu! Qui pot creure que siguem negrers? Som a les portes del segle XXI!

—Calli!

De vegades la diferència entre un somni i la realitat és molt petita.

De vegades sobrevius o et deixes portar per un petit matís.

La resplendor que penetrava pel passadís, i que provenia de la bodega, va il·luminar de biaix una rata. De fet, vaig estirar la mà per atrapar-la, disposat a menjar-me-la viva.

Va ser així com em vaig adonar que estava conscient.

I que aquelles veus eren amigues.

—Els han tirat tots al mar, aquests fills de puta...

—Senyors, senyors! Al mar? Som...

La mateixa mà que vaig estirar per agafar la rata va copejar la mampara metàl·lica.

—Quiets!

—Heu sentit això?

—Silenci! Calleu tots!

Vaig copejar per segona vegada. Vaig voler cridar, però tenia la boca seca.

«Sóc al passadís, just a la cantonada!»

—Allà hi ha algú!

—Noi! Ens pots sentir?

Amb el meu tercer cop devia fregar la pèrdua de la consciència una vegada més. Tot i això, juraria que vaig veure el rostre d'aquell home davant meu, amb la seva llanterna. I també juraria que vaig sentir els seus crits.

—Aquí, senyors! Aquí n'hi ha un! I és viu!

Despertar

Vaig creure que em trobava en un cel irreal, perquè en despertar-me vaig veure homes i dones, blancs i negres, tots amb bates molt blanques i pures. Homes i dones que em somreien. I el lloc era molt bonic, igualment blanc, plàcid. Tenia alguna cosa connectada al braç, unida per un cable a una ampolla mig plena de líquid que estava suspesa d'un curiós penjador de metall; a més, tenia el peu dret embotit en una cuirassa blanca, i alçat. Hi havia màquines extravagants, aparells que no havia vist mai, i tot i que em sentia feble, el dolor no em produïa angoixa, sinó un sentiment d'alliberament.

—Ja es desperta, senyor —va dir una dona.

I tots se'm van acostar, em van posar una mà al front, em van acaronar la galta, em van parlar.

—Hola.

—Com et trobes.

—Estàs fora de perill.

—Com et dius?

—Tranquil.

La diferència entre la vida i la mort de vegades és molt petita. I a l'Àfrica, el meu món, és tan petita que resulta insignificant. La diferència entre viure o morir pot ser en una simple rata observant-te mentre tu et planteges la possibilitat de menjar-te-la.

Això és l'Àfrica.

La meva Àfrica.

epíleg

CINC ANYS DESPRÉS

Vaig llançar una mirada a l'aparell enregistrador quan en Kalil va abaixar els ulls a terra i, contenint l'última emoció, va deixar de parlar.

—La meva Àfrica.

Aquestes tres paraules van flotar entre nosaltres.

Uns llargs, molt llargs segons.

—Vols afegir res més? —li vaig preguntar.

Va fer un gest vague i va alçar el cap de nou. Els seus ulls es van trobar amb els meus.

Uns ulls serens, plàcids. Els ulls d'aquell qui ha tornat de l'infern i és capaç d'explicar-ho.

—Vostè en coneix la resta, senyor.

En Kalil Mtube va sospirar.

Vaig apagar l'aparell enregistrador. Crec que ell ho necessitava. No havia deixat de mirar-lo hora rere hora, dia rere dia. Tan esclau d'ell com un dia ho va ser d'en Manu

Sibango i del seu destí. Les rodetes van parar de girar i vam quedar lliures de la seva inèrcia. No vaig tornar a arrepapar-me a la butaca, vaig recolzar els dos colzes als genolls i vaig mantenir l'horitzontal de la seva mirada.

—La resta és una altra llarga història, Kalil.

—Em van salvar, es va desfermar l'escàndol, vaig ser l'únic supervivent d'aquell vaixell... D'això, ja en van parlar els diaris, tothom ho coneix.

—I vas tornar a casa.

—Vaig tornar a casa —va assentir.

—Creus que vas tenir sort?

—Sí, és clar.

—I res més?

—Vaig fugir del camp d'en Manu Sibango, em vaig amagar al vaixell... No em vaig rendir, si es refereix a això.

No havia aconseguit que em tutegés. Sempre em deia de vostè. I feia més de dues setmanes que estàvem junts. Al cap de cinc anys, i malgrat haver estudiat i après, en Kalil Mtube encara sentia el pes del seu llegat.

—Vas tenir una oportunitat.

—I l'he aprofitat, crec, tot i que...

—Què? —el vaig animar a continuar.

—Continua havent-hi explotació, països que exporten nens i països que els importen, esclavitud, persones que se'n beneficien i persones capaces de matar un nen a sang freda, guerres com la de Sierra Leone i nacions riques que construeixen la seva economia sobre la sang dels més febles... No ha canviat res, senyor.

—La teva història compta. El món intenta ajudar, i ho saps.

—El món fa anys que sap això, i només uns quants aquí i allà fan alguna cosa, encara que sempre quan ja és massa tard. Quants nens més hauran de morir perquè les grans potències ens escoltin? Amb el que val un simple tanc s'obririen milers de pous d'aigua, amb els quals milions de persones tindrien una oportunitat aquí mateix, a l'Àfrica.

—Escèptic?

—Realista. Per això continuo estudiant.

—I lluitaràs.

—Per descomptat. D'entrada, per dir als pares que no venguin els seus fills, i que no es deixin enganyar, per ignorància, quan algú els digui que el seu fill tindrà una oportunitat perquè l'adoptarà una família rica que li donarà menjar, o quan els prometin una feina digna amb la qual un dia podran tornar a casa amb diners. Aquest serà el primer pas. Després caldrà perseguir els intermediaris, i els empresaris que utilitzen nens, i...

Per un moment, els seus ulls van espurnejar. Una fogonada de ràbia. Ràpidament van tornar a la seva opaca transparència. No recordava haver-lo vist riure. Tenia vint anys, l'edat de milers de joves al món sencer, però en Kalil Mtube no reia.

—Quanta gent coneixerà la meva història, senyor?

—Molta gent, t'ho prometo.

—Mai no és prou.

—Ja ho sé.

—Encara he de trobar la meva germana petita, sap?

Li vaig posar una mà al genoll. Existia un profund respecte entre tots dos. Si no n'hi hagués hagut, allò hauria estat impossible. Confiava en mi. I el que m'esperava no era fàcil, a pesar de la meva experiència. Donar forma a aquella història era difícil.

—Hi ha res que vulguis dir abans que me'n vagi? —se'm va acudir preguntar-li de sobte.

Es va cloure una mica en ell mateix i en els seus records. Va viatjar endins. Ho vaig saber perquè els seus ulls, tot i que em miraven, van deixar de veure'm. Vaig pensar que em diria que no, que ja estava tot dit, que depenia de mi donar forma al conjunt quan ho escrivís.

Em vaig equivocar.

—La Naya —va sospirar.

—La Naya?

—Encara la trobo a faltar, senyor. No podré oblidar-la mai. Jo m'hauria mort a la plantació d'en Manu Sibango, no m'hauria escapat mai. Va ser ella qui... Va ser la seva mort el que em va obligar a viure i a ser lliure.

Tampoc no va plorar per fora.

Però vaig saber que ho feia per dins.

—Sort, Kalil.

I tots dos ens vam estrènyer la mà.

agraïments i records

Als meus companys i guies de viatge, l'Antonia, la Margarita, en Paco. Als qui el van viure i l'han contat. A en Jaume, qui el va documentar. Als quinze mil nens esclaus —les xifres són imprecises— que treballen als camps de cacau de la Costa d'Ivori. Als disset milions de nens que a tot el món —les xifres són de nou imprecises— viuen en condicions d'esclavitud. Als tres-cents mil nens —més imprecisió— que lluiten avui dia en les dues dotzenes de guerres que assolen el planeta. Als tres-cents milions de nens —hi pot haver més imprecisió en parlar de «milions» en nombres rodons?— que combaten en guerrilles, que són desplaçats, que són obligats a prostituir-se, que viuen abandonats als suburbis de les grans ciutats o que treballen en condicions infrahumanes sense dret a res, ni un salari digne, ni higiene, ni escolarització, de cap a cap d'aquest món nostre de cada dia. I als dos milions que només en l'última dècada han mort en guerres, als sis milions que han quedat mutilats, als dotze milions que han estat desplaçats de casa seva o aquells que desapareixen sense més ni més perquè els seus òrgans siguin trasplantats als fills d'aquells qui ho poden pagar.

Nen més, nen menys.

Jordi Sierra i Fabra
Primavera de 2001